「あなた、それでも裁判官？」

――女性に優しい司法を求めて――

再版によせて

中村　久瑠美

「女性に優しい司法を求めて」

……これは、私が弁護士を志したときの原点である。

私が弁護士になろう、ならなくてはと決意した一九七〇年代の司法界は、明らかに女性に優しい司法界ではなかった。

戦後の民主憲法下で最高裁判所は公然と

　女に裁判はわからない

　女は裁判官に向いていない

と言っていたのだ。

もう一度言う。戦前の話ではない。終戦から一九七五年（昭和五〇年）ごろまでの三〇年間の司法界は、憲法一四条一項の男女平等原則などお題目にすぎない位にしか考えていなかったと言わざるをえないのだ。

今年は戦後七五年、あと二五年で戦後一〇〇年が見えるところまで来ている。歴史の区切りは百年単位ともいう。

女性という性をひっさげて弁護士として半世紀近くを生きた私自身が、今「女性と戦後司法」を語る役目を担わされているような気がしてならない。

「あなた、それでも裁判官?」

を著したのは二〇〇九年、暮しの手帖社から刊行され、おかげさまで完売して今手に入らない。このまま絶版は惜しいというお声をいただきこのたび論創社から再版の運びとなった。願ってもないご提案である。

そうであれば、私が長らく書き留めてきた、

「女性と戦後司法」および「男社会を女性弁護士として生きて」

という論考も併せて出版する機会をいただき、

「女性に優しい司法を求めて」という、私のライフテーマを完結させたく、目下上梓に向けて原稿の整理に追われている。

したがって本書は再版にあたり、副題として「女性に優しい司法を求めて」という一文をつけ加えた。

本年中に同じ論創社から刊行を予定している「裁判官、女性がおわかりですか?」(仮題)にも、副題は「女性に優しい司法を求めて」をつけることにしている。

二冊をあわせて、本書のテーマである「女性に優しい司法とは」の命題に、より一層ご理解をいただけたら著者としてこれ以上の喜びはない。

序文──たおやかで強く、美しくあれ

日野原 重明（聖路加国際病院名誉院長）

中村久瑠美さんとある勉強会で知り合って、もう十年以上にもなりましょうか。私は密かに「私に似た人」と思ってきました。どこがどのように似ているのか、そのことからお話しいたしましょう。

中村久瑠美さんは弁護士です。それもきわめて優秀な、多くの人の抱える法律的な難事件を、法論理と人倫に照らして次々と解決してきた、凄腕の弁護士です。法律の専門家ですから国選弁護人としての任務や、企業の顧問弁護士、国や自治体の行政を見守る審議委員なども数多く務められています。しかし、中村さんが一番力をそそぎ精魂こめて解決にあたっているのが、相続や離婚など市民の日常生活を取り巻く家族関係にかかわる事件なのです。

テレビや小説で私たちが目にする弁護士さんが活躍する場面というと、政界と企業がかかわる黒い闇の事件や、ゆがんだ愛情から引き起こしてしまった殺人事件など、人々の好奇心を満たしゴシップの種になるような大きな事件がほとんどです。しかし、私たちが実際の生活でそうした局面に遭遇することはそれほどはありません。それよりもむしろ、ふだんの生活のなかで、あるいは人の一生において、誰もが遭遇するかもしれない職場での失敗、男女の葛藤、夫婦や親子間のトラブル、親族のいざこざなど社会的にはささいな出来事が、それぞれの人には世界がひっくり返るほどの大きな不幸として起こってくるのです。そういう事情を知らざるを得ないのが弁護士という法律の専門家です。

職業上とはいえ、その人の家庭や社会生活の上で起きている人間関係の紛争、個人の人生の上の悩みや苦しみを受け止め、ともに取り組むことは、じつはとても精神的に苦しいことなのです。この点において、中村久瑠美さんと医師である私とは共通するものがあります。弁護士も医師も、苦しんでいる人や病んでいる患者を相手にしなくてはなりません。苦しみや痛みに翻弄されて、人は自分の考えや気持ちを言葉で伝える力さえ、失っていることがあります。あるいは、苦しさや辛さのあまり、人を信じられなくなっていることさえあります。そうした苦しむ人を相手に、私たちは事実をしっかり調べだして、最良の解決策を探していかなくてはなりません。このことを立場を替えて言いますと、皆さまがたは人生において悩みや痛み、苦しみのなかで初めて医師や弁護士の存在を認識し、助けを求められます。

患者さんや依頼人さんがまとっているそうした不幸の殻を、ひとつまたひとつと丁寧に取り除いていき、窮状から救って癒し、明るく健康で幸せな状態に導き、新しく生きていく力を引き出すこと、それが医師や弁護士の使命なのですから、これは素晴らしい職業であることは間違いありません。誇りを持ってそう断言することができます。

ですから優れた弁護士や医師であるには、人の苦しみや悲しみを受け止められる心の余裕がなければなりません。私の知っている中村久瑠美さんはきゃしゃでほっそりとした、美しい人です。弁護士という仕事がら、時には法廷において論敵を言葉で討ち破り、相手を圧倒する力を見せ付けておられるのかもしれません。しかし、普段の中村弁護士、いや〝久瑠美さん〟はあくまでも穏やかで優しくて美しいものをこよなく愛する、上品に育った山の手のお嬢さんのようにお見受けしました。このかたのいったいどこに、法廷で阿修羅のように戦う力が隠されているのだろう、私はいつも不思議に思っていました。

この本のゲラを読み、その謎の答えが分かりました。たおやかに穏やかに、大切に育てられた、文学部卒の美術を好むお嬢さんが、まだ人生の何であるかも知らないうちに一人の男性と出逢って結婚されました。至上の幸福感で満たされるはずの結婚生活の様相が、相手の暴力と暴言、そしてお決まりの掌を返すような甘言とで、まるで万華鏡をくるくる回すかのように入れ替わります。久瑠美さんはそれでも耐えました。こんなはずではない、こんな人ではない、私に悪いところがあるならば改めます、だからどうぞ元のあなたに戻ってください……。骨折して入院し手術を受けるほどのドメスティック・バイオレンスの被害を受けながら、夫との対話を求めようとします。変節の理由を知ろうとします。私はこのくだりを読みながら涙をこらえることができませんでした。それは、肉体の損傷が、そして言葉の暴力がどんなに人の心までも傷つけるか、よく理解しているからです。

そんななかでも久瑠美さんは相手を信じ、会話を求め、相手の真実の心を求めようとしました。その姿に現在の中村弁護士の闘う生き方を重ねることができます。いまの中村弁護士の強さと優しさは、こういう不幸があったからこそ、磨かれてきたものかもしれないのです。

可愛らしいお嬢さんだった若奥さんが、どのようにしてその後、弁護士への道を選択したのか、詳しくはどうぞこの先の各章をお読みください。そこには中村弁護士が、苦しむ人、弱い人の立場に立って応援し、心の秘密に優しく触れながら事件を解決していくわざ、すなわちアートの源泉が描かれています。「たおやかで強く、美しくあれ」とは、中村久瑠美弁護士の人生の哲学と聞いたことがあります。中村久瑠美さんはまさしく、たおやかで強く美しい人になりました。そうさせた過ぎた過酷な日々に、ここでさようならと言いましょう。

二〇〇九年七月

始まり　女性を救う弁護士になりたい！

「中村先生、ありがとうございました。これでもう、思い残すことは　ありません。」

その被告は晴れ晴れとした顔を私に向けていった。彼女は夫を殺した殺人犯として起訴され、十ヶ月にわたる裁きをうけて、この日判決がくだった。私は弁護人としてどんなに頑張っても、懲役四年の実刑判決をくつがえすことはできなかった。

毎夜のように続く激しい暴力、過度の飲酒、貸金業者からの脅迫、耳をふさぎたくなるような罵詈雑言。誰がみても典型的なダメ亭主である。日ごとに激しくなる暴力から自分自身と幼子を守るために、とうとう彼女は酔っ払って正体なく眠る夫を包丁で刺した……。

人の命を奪う行為は許されるべきではない。しかし、被告がなぜそうした行為におよんでしまったか、弁護士としてひとつひとつの事実を克明に調べていくうちに　私の心にひとつの情景がよみがえってくる。

……それは遠い夏の日、狂ったように私を打ち続けてやまなかった私のもと夫の姿だ。その日の朝だった。夫の拳骨は私の顔と頭に集中して猛然と降りかかってきた。何回も、何回も、なんかいも。恐怖と苦痛から生きた心地はなかった。殴打は私の鼻の骨を折り、左頬骨にひび割れを生じさせ、顔の形をすっかり変えてしまうほどの激しさだった。眼底出血から浮腫が生じて失明寸前まで至り、その後の検査で快復の見込み無しとの医師の診断書も出た。

その夜、酔って戻った夫の乱れた寝息を聞きながら、「人がひとを殺そうと決意するのは、こういう瞬間か。いまなら、殺せる。いまなら、刺せる。人殺しと言われようがこの恐ろしい暴力から救われるなら、ああ、殺せる、」……そう思ってしまったほんの一瞬があった。もちろん、そんなことはできない。殺してやりたい。でもできない。

……だったら、私はどうしたらいいの？

悩み抜いた末の離別と弁護士への道——

なんとかその後視力の一部を回復し、司法試験にも合格した。それからすでに四十数年が経つ。あのときの絶望と孤独感、瞬間的に襲ってきた狂気。乳飲み子を抱えて愛と悲しみの日々を必死で乗り越えてきた。なんて女は弱いのだろう。私は何も悪いことはしていないのに、なんでこんな目に遭わなくてはいけないの？　その気持ちが大きかったからこそ、私は弁護士を目指した。私と同じように、暴力や悲惨な境遇に苦しむ女性たちを救いたい、そう思ったからだ。

「女なんかに何がわかるか！」

「食わせてやってんだ！」

「俺は神様だ、オレの言うことに口出しするな！」

そう言っては暴力を日常的に繰り返していたかつての私の夫。その人の職業は、――裁判官であった。

【目次】

［第二章］　わが子の誕生

［第五章］ 司法研修所時代は女性差別発言に揺れた

［第一章］愛と葛藤の始まり～学生から主婦へ

青春の惑い

「君たちは太った豚になってはいけない。痩せたソクラテスになるべきだ」

一九六四（昭和三九）年の東京大学の卒業式で、大河内一夫総長は巣立っていく卒業生にこんな言葉を贈った。歴代の東大総長は、卒業式に際し有名な送辞を残す。というよりも、マスコミが毎年必ず報道するので世間に知られるようになったいくつかの名言がある。「痩せたソクラテスと太った豚」も、朝日新聞の「天声人語」に取り上げられ、同世代の人々に広く受け入れられる言葉となった。

私が愛し、短い結婚生活を送った配偶者・石垣マサオ（仮名）は、まさに大河内総長がこの言葉を残した年の卒業生である。まだ仲の良かった新婚時代、マサオはよく冗談半分に「ぼく、痩せたソクラテス。ルミ、太った豚」と言い、小太り気味だった私をからかっていた。胃腸が弱く神経質なマサオは「ソクラテス」、二〇代前半で健康な体に若さをみなぎらせていた私は「のんきな豚さん」というわけだ。

私が結婚したのは、二三歳のとき。夫のマサオは四歳年上の二七歳だった。マサオは一浪した後、東京大学を六年かけて卒業。司法研修所で二年間の修習生活を終え、裁判官として任官したばかりである。初任地は北海道の札幌地方裁判所だった。私の方はといえば、お茶の水女子大学付属高校から東大文学部へ進み、そのまま大学院の修士課程に進学していたので、学生結婚も同然だった。ともに長男長女として大事に大事に育てられ、学校という世界以外は見たこともなかった二人が、新婚生活をスタートさせたわけである。

私が大学を卒業した一九六七（昭和四二）年は、古き良き時代の東大の卒業式がマスコミに報じられた最後の年だった。その翌年から東大紛争が激化し、以後二十数年にわたり、大学での卒業式は行なわれなかったからである。安田講堂での総長訓話のあと、御殿下のグラウンドに出て、総長を囲んでビールで乾杯した。私は大振り袖の和服姿で出席。女子学生は少ないうえに、和服姿などほんのわずかということもあって、大河内総長の隣に並ばされてテレビのライトを浴び、新聞のインタビューを受けた。その写真が夕刊に大きく載っていた。私たちの学生時代は一九六四（昭和三九）年に催された東京オリンピックが大成功をおさめ、日本人のなかにそこはかとない自信と希望がわき出しつつあった比較的明るい時代であった。ちょうど一九六〇（昭和三五）年の安保闘争と一九六八（昭和四三）年以降の学園紛争の谷間世代で、平和と繁栄を十分享受してはいたが、その半面まだ幼いころに経験した敗戦の貧しさをどこかに引きずっているところもあり、豊かな生活への渇望感は強かった。

いまと比べると隔世の感があるのは、女子大生の就職である。同期の男子学生は企業からあふれるほどの就職案内をもらい、超一流企業への就職を次々と決めていくのに対し、四年制大学を卒業した女子学生の就職口は皆無であった。いまで言う〝どしゃぶり〟どころか、そもそも就職を考えることすら間違いとでもいうべき雰囲気であった。

男女平等のもと、戦後民主主義教育を一〇〇パーセント受けた世代であったが、ごく少数の特別な女性を除くと、大卒女性の就職は一般的ではなかった。比較的古い家柄だった私の家では、いまなら信じられないような「良家の子女は働かないものだ」という観念が両親にはあった。だがよく考えてみれば、私自身のなかにもそうした思想は少しばかりは生きていたのかもしれない。せっかく高等教育を受けても、就職してお金を稼ごうなどという覚悟は、恥ずかしいことだが当時はほとんど持ち合わせていなかった。まだ少数ではあったものの、卒業後にしっかりした職業につこうとした女性はいたことはいた。しかし、職種はきわめて限られていた。教員、公務員はともかくとしても、民間企業は女性は高卒、短大卒で充分であり、四年制大学卒の女性などまるでお呼びでなかった。だからはっきりした職業意識のない私のような平凡な女には、就職など無理だろうと、最初からあきらめていた。それだけにこの時代の四大卒女性の生き方は、矛盾に満ちていたといえるかもしれない。

私の母は大正生まれ。女が仕事につけば、たいていはオールドミスか後家さんになってしまうのだ、と思う世代に近かった。ただ、彼女自身は娘時代に十分な学問をさせてもらえず悔しい思いをしたので、せめて娘には好きなように勉強させてやりたいという女《ひと》であった。しかし、それもあくまでも学問の世界だけ。働くなんてとんでもない。とにかくきちんと嫁に出すのが母の役割、と固く心に信じていた。

私もそんな母とさして違わない価値観を持っていた。母の影響を大きく受けていたことは認めざるを得ない。ただ、現実として恋愛や結婚という話になると、考え方はすれ違った。娘の写真と「釣り書《がき》」(本人の略歴や家族関係を書いた見合いのための資料)を持っては、あっちの親戚、こっちの知り合いへと回り、頭を下げているのを知って、「みっともないから写真なんて配らないで。大学のキャンパスはお婿さん候補でいっぱいなのよ」と反発したものである。ところが私が連れてくる男友達には、母は必ず難癖をつける。少し交際が進むと「興信所にかけましょう」とくる。そうはいっても、母が勧めるお見合い話は、いくら優秀なエリートサラリーマンと言われても、私にはぜんぜんピンとこなかった。

私にとって理想の男性とは、とにかく自分より頭がよいこと。そして、自分の職業にとことん突っ込める男、というのが第一条件だった。職業に誇りを持ち、人生を捧げられるくらいでなくては……などと思っていたのだ。

いまになって客観的に自分を振り返ると、向上心だけは強いものの、まだ幼かったのだろう。恋愛をしても「この人なら」と思う人には気持ちをわかってもらえず、逆にさかんにアタックしてくれる男たちには物足りなさを感じてしまう。自分には何ができるのか、能力をもっと見極めなくてはと焦り、未熟な自分をさらに磨かねば本当に好きな人とは結婚などできない、と思い詰めたこともある。「結婚を急がせる母さえいなければ、もっと自由に恋愛できるのに」と不満をもちつつも、かといって反発することもできなかった。結局、大学を卒業するまでに結婚相手を見つけることはできなかった。言ってしまえば「お嬢さん」だったのだ。大学を卒業した私はそのまま大学院に残り、引き続き西洋美術史を研究することになった。私の専攻はフランス近世絵画史。ルネサンスからバロック、ロココ、近世へと連なる西洋美術の研究は私の青春そのものであり、大学院修士課程への進学はまさしく私の希望するものであった。

出会い

マサオとの出会いは、大学院進学後一週間もしない四月の初めのことである。そのときのことは、いまでも印象深く憶えている。私の遠縁で判事をしていた白井氏（仮名）の家を訪ねたとき、初めて会ったのである。白井氏は実直そのものという人で、「裁判官の鑑《かがみ》」と評されたほど、その世界での信頼が厚い人であった。マサオは、司法研修所を卒業したその足で、任官の報告と挨拶のために白井判事宅を訪ねたのであった。

初対面で二人は互いに強く惹かれあうものを感じたと思う。少なくとも私は、この出会いに大きな衝撃を受けた。彼はやせ形で頬骨が高く鋭い眼光を放ち、シャープな知性を感じさせた。やや病弱そうで繊細な神経の持ち主という印象だが、話す声や身振りは大きくむしろ豪快で、会話も座持ちもよく、その場の雰囲気を盛り上げていた。私はすっかり彼のペースに巻き込まれ、一緒に話に夢中になった。

「もう一週間もすれば札幌へ赴任して、向こう三年間は東京にもどれないんですよ」

会ったばかりのマサオにそう言われて、私はグラッときた。戦地に赴く恋人を見送るような心境を一瞬にして感じた。心臓の鼓動が止まらない。少しでも背伸びしたい私にとって、彼はこれ以上ないふさわしい人物に思えた。目標であった大学院での研究生活も、夢だったフランス留学の計画も、すべてが急に色あせたように感じられた。

マサオは話し上手で、人前では独演会を演じるのが常だった。内容は九割がた自分の仕事のことで、ともかく自信と執念は誰にも負けないという信念に裏打ちされていた。だからその語り口には迫力があり、〝的確な判断力と鋭い批判力に優れた、まれにみる秀才〟のように、私の目には映っていた。法律とはそもそも何であり、裁判とはどういうものか。マサオはその後のデートのあいだじゅう、熱っぽく語り続けた。私にとって、それは未知の世界であり、知的好奇心を満たしてくれるのに十分だった。私が彼のどこに惚れたのかと聞かれれば、頭の回転が速く弁がたち、論理的で説得力にすぐれ、知的興奮を感じさせてくれたからといっていい。恋愛中の女性なら「せっかくのデートのときくらい、仕事や勉強の話はしないで、もっと楽しい、趣味や遊びの話にしてよ」などと言うかもしれない。しかし、私はそのようなことは全然思わない、頭でっかちな人間だったのである。

マサオは一浪こそしたが、東大法学部での成績は抜群のものであったらしい。ではなぜ、六年もかかって学部を出たのかといえば、職業選択にあたって父親と葛藤があったからだという。大学四年のときに、通産省(現在の経済産業省)と日本銀行の内定を得ていた。ところが、故郷の父親が猛反対し、大げんかになったのだという。父は法学博士号をもつ学者で、地方大学の教授の職にあった。

「銀行も官庁も、組織の一員として調和と忍耐の連続だぞ。おまえのようなマイペースの、およそ他人と歩調を合わせられない人間が、出世欲だけでそんなところに入ったらとんでもないことになる」というのが、その父の言い分であったそうだ。父親は父親なりに、息子の強烈な個性をよく見抜いていたのであろう。そして、法律の世界に詳しい父が指し示したのが、裁判官の道であった。

「これと思うことを頑固に自分のペースでやって許され、しかもそれなりに評価してくれる世界は、ひとつしかない。それは裁判官の世界だ。おまえのような奴は、判事にしかなれん、〝じか判〟と思ったほうがいい」

マサオは父親のこの言葉に猛反発したものの、中央官庁で勤まらないと言われた人間が一般企業で勤まるはずもない。法学部の学生に残された道といえば、司法界か学界しかなかった。こうして父子の葛藤が続いた二年間を留年して過ごし、結局は裁判官への道を進むことにしたのである。

裁判官の妻になる

出会って半年後の秋、二人はそうとう盛大な結婚式を東京で挙げ、札幌市での新婚生活を始めた。私は修士課程に学籍を残したまま、専業主婦になったのだ。東京で生まれ育った私には、ポプラ並木や赤レンガのサイロが点在するその街での暮らしは、まるで異国の地に生きるようなロマンチックな感じがあった。

裁判官の官舎は、北海道大学の広大なキャンパスの北、グラウンドのはずれにある。二〇代から三〇代の若手裁判官に与えられる官舎は、いまでいえば3K程度の、一五、六坪のマッチ箱のような平屋だ。同じ形をした家が一〇軒ばかり、軒を連ねるように建っている。同じ裁判官でも、部長や所長クラスは市内の南側中央にあって、もっと広々とした堂々たる官舎が与えられる。新婚早々、そうした先輩裁判官の家に挨拶に訪れては、いつかはこんな大きな家に住めるようになるのだからと思い、いまは狭くても我慢しようと心に言い聞かせたのだった。

官舎暮らしが象徴するように、裁判官とその家族は、一般社会の人々と一線を画すように暮らしている。かといって、官舎の隣同士で頻繁に行き来するほど親しくもない。とくに雪に閉ざされる冬は、だれもが家に引きこもりがちだ。どちらかというと、お付き合いはにぎやかな方が好きな私にとって、雪国の冬の生活は、じっと我慢を強いられているようだった。それでも白一色の冬から、梅も桃も桜も一気に咲きそろう北国の春の美しさには、目を奪われ心が浮き立つ。つかの間の短い夏も、緯度の高いこの町では夜八時頃まで明るく、夕方五時過ぎには官舎に帰る夫と連れ立って、薄暮にテニスで汗を流した。また学生時代に馬術部にいた私は、地元の素朴な馬を見ているだけでも心がなごみ、ときどきは乗馬を楽しむこともあった。

裁判官の生活は、学者の生活に似ているともいえる。出勤するのは週に三日。月水金の人と、火木土の人がいて、全員がそろう裁判官会議の日が月に一度か二度くらいある。出勤しない日は「宅調日」といって終日家にいて、調べものをしたり判決書きに費やす。夏休みも冬休みもかなりある。「学者や先生の奥さんになったのと、あまり違わないわよ」と、結婚直後、先輩裁判官の奥さんたちが教えてくれたものである。

宅調日にはマサオはほとんど家にいた。朝は寝起きも悪く、エンジンもなかなかかからないらしい。昼近くになって起きてきて、パジャマ姿で遅い朝飯をすませると、新聞をひっくり返して、記事のいくつかに文句や講釈をいう。興に乗ろうものなら、二時間でも三時間でも私を相手にしゃべりまくる。政治や経済の話。いま、マサオが抱えている裁判の話。

そうした話は、論理的で説得力にあふれ、なかなか魅力的であった。私は知的好奇心を刺激してくれる彼のおしゃべりが好きだった。彼は話をしているうちに自分でどんどん興奮していき、気合いが入っていく。私がいかにも感心した、というふうに聞き入っていればますます調子づき、機嫌も上々だ。機嫌のよいときの夫は、めっぽう楽しい男だった。

裁判官といえば、お堅い役人、または謹厳実直な宗教家のようなイメージを持つ人も多いだろう。しかし、マサオは基本的には社交家で華やかなことが好きな人間であった。ひっそり孤高を保つというタイプではない。機嫌さえよければ、人と酒を酌み交わし、食事に呼んだり呼ばれたりすることも大好きだ。とくに役所の部下たち、すなわち書記官や事務官、司法修習生たちに対しては始終飲みに連れて行くという気の遣いようだ。時には彼らを官舎に連れ帰ることもあった。

「ルミ、これおいしいね。今度、修習生たちが来たら、これ作ってやって」

と部下や修習生を自宅に招いては、妻の手料理をふるまうことを無上の楽しみと感じているようだった。だから私は、任官直後の裁判官の安月給と知りつつも、海老だの蟹だのアスパラだのと地元の味覚を取り入れて、精一杯の手料理で客を歓待した。

しかしこうした機嫌のよい明るい生活は、実際には一年に何度もあったわけではなかった。マサオはもともと胃腸が弱く、小さいころから神経性胃潰瘍の持ち主だった。ちょっとした神経の高ぶりによってすぐに胃が痛くなる。みぞおちに手をやり、まさに七転八倒とばかりに転げ回った。北国の寒さは胃弱にはさらにこたえるようで、新婚旅行から帰って官舎に落ち着いた当日にまず、「固い飯は食えん、粥を炊け」と私は命じられた。病気らしい病気もせずに育った私には、そのお粥がうまく炊くことができず、涙ぐんでしまった。マサオはいきなり「バカモン！」と怒鳴り、私の頬を思いきり殴ってきた。「オレのお袋に聞いてみろ。オレの胃腸にはどう対応したら良いか、頭のいい嫁ならオレの知らないうちに、そのくらい習っておくもんさヨ」。このお粥事件があって以来、私は夫の体調には細心の注意を払い、心を砕かざるを得ないことを思い知らされた。マサオは幼い頃からいわゆる「蒲柳《ほりゅう》の質」で病気がちだったから、学校へは年の半分くらいしか登校せず、家で本ばかり読んでいる子どもだったそうだ。神経質で勘の強いマサオは普通の子どもなら何でもないようなことにも神経を高ぶらせ、それがすぐに胃痛や下痢の症状になって現われた。まだ一二歳(中学一年)でバリウムや胃カメラを飲まされたという彼のデリケートな胃はいともたやすく傷つき、それが彼のパーソナリティを形成しているように思えた。

こうして私たちの新婚生活は、マサオの持病である神経性胃潰瘍という大嵐の中で船出したのだった。

新婚生活が始まる

話は少し前後するが、私たちのハネムーンは上野から汽車に乗って秋田を回り、温泉に二泊ばかりして青森へ北上した。そこから青函連絡船に乗り、着いた函館でもまた一泊した後、札幌へ入った。マサオはこういう旅行の計画など面倒なことはいっさい苦手で、「そっちで適当にしておけ、僕は仕事が命だから」とまったく無関心だった。「でも、東京で式を挙げて、そのまま汽車に揺られて任地へ直行するのも淋しいじゃないですか」というと、「じゃあ、秋田あたりの温泉にでも付き合ってやるか」というので、私の方で自由に予定を立てたのだった。実家の母は「新婚旅行の費用なんて、普通はお婿さんが負担するものよ」と言ってかすかな批判を言ってみせたが、マサオは結婚のための準備金など皆無で「ルミが行きたいというから付き合ってやるんだ。ルミの親が出すんだろう」という気持ちだった。ハネムーンの費用約十万円（当時の給料が三万円だったことを思えば当然彼には払えない金額）は、母が父には内緒で用立ててくれた。いまにして振り返ると、何もかも親掛かりで、何ら経済的自立なしに結婚した自分に驚いてしまう。しかし、当時の娘たちはたいていが「結婚するまでは親掛かり、結婚したら夫掛かり」だった。私も大学生の頃は家庭教師のアルバイトや英語の翻訳などは少ししたが、ほんの小遣い程度の稼ぎであったし、それを貯金して結婚資金になどと考えたこともなかった。自分の自由になるお金など、まったく持ったことがないまま、結婚したのだった。

昭和四〇年代の初め頃、新婚旅行のメッカといわれたのが九州・宮崎だった。南国の明るい空と異国風な椰子の並木があって、ピンクのスーツにお釜のような帽子を被った花嫁さんが、ポスターやテレビのコマーシャルに溢れていた。その少し前の昭和三〇年代には、静岡県の熱海温泉などが新婚さんに好まれていたから、明るいイメージのある遠い九州まで新婚旅行で行けるようになったのは、豊かさの証拠とさえ言われていた。ハワイやグアムなど海外へ出かけるハネムーンはまだまだ高嶺の花で、昭和四五年の大阪万博以降のことになる。

こんな風潮のなかで私たちの新婚旅行は、北国に向かって地味にひっそりと行なわれた。でも、私自身はそれを不満に感じてはいなかった。好きな男と一緒ならどこでもいい、と素直に思う純情な娘そのものだったのだから。ただ、生まれてこの方ずっと育った東京を離れて、船に乗って最果ての地へ嫁ぐのだという悲愴感はあった。優しい父母と別れて「お嫁に行く」ということだけでも未知の世界への船出であるのに、これまで想像したこともない北国で暮らすことになる不安も確かにあった。結婚式は十月七日だったから、札幌に入ったのは一二日。その町では十月も下旬になるともう冷たい霧が降り、小雪がちらつくこともあるなどと聞くと、「まあ、暖房はどうするのだろう、ガスストーブはあるのかしら。石炭のストーブなんて、家で使ったこともないし……」と心配になった。二三歳の花嫁は何もかも初めてのまま、すでに初冬の寒気が襲う〝新天地〟へ足を踏み入れたのだった。

初めて入った官舎は馬小屋のような平屋の一軒家で、建坪だけで四〇坪もある大きな家だった。そこは実は取り壊しの決まっていた廃墟に近い官舎で、新任判事補のマサオは、同期の大木さん（仮名）と二人、その年の四月からそこで暮らし始めていた。マサオが結婚するというので役所に官舎の申請をしたが、年度の途中からで、用意できないと言われたらしい。大木さんには訳を話して、独身者用の他の官舎に移ってもらい、そこが私たちの、最初の半年間の住まいとなったのだという。古びた無彩色の木造の家は隙間風が吹き込み、ホコリだらけである。若い男が二人、半年間も生活していたとはいえ、人の住める状態とはとても思えないありさまに、私の足はすくんだ。何しろ広すぎて掃除が行き届かない。電気掃除機もなければ、冷蔵庫もない。畳の上にマサオのものと思《おぼ》しき茶碗と皿が二枚。それだけだ。脚の折れる卓袱台《ちゃぶだい》が二脚あって、ひとつはマサオの勉強机、というよりも大切な判決を書く台だという。「もうひとつを使って食事をすればいい」とマサオは言う。私は頬が強張《こわば》るのを感じた。

結婚前の夏ごろだった。「したくはどうしましょう、自分の箪笥や鏡台は持っていくけれど、食器棚や食卓、椅子などはどうするの。冷蔵庫や洗濯機はあるの、ないなら言ってください、こちらで用意できるものはしますから」と、何度手紙に書いても返事はいっさいなかった。書いてくるのは仕事の話ばかりだった。法廷であったこと、強盗殺人の被告人の様子など、事細かに書いてくるが、世帯を持つことへの関心もなければ、生活についてまったく触れようとしない。私の母が心配して、「お道具類がないと新婚生活は始まらないわよ。お婿さんの方でそろえてくれるものと、こちらがそろえなければならないものを相談しなさい」としきりに言う。電話でそのことを伝えると、ひどくうるさがり、黙ってしまうか話題をそらす。それでも「何を買いましょうか」と聞くと「そんなくだらんことで、オレの高尚な思考をさえぎるな。必要だと思うものがあるなら、勝手にそちらでそろえたらいい！　これ以上オレをイライラさせるな」といい、電話を切ってしまう。

そう言いながらも電話は毎日かかってきたし、手紙も一日おきに分厚いものが届いた。ところが、封を切ってみると仕事のことが満載。それも実に丁寧に書かれてあり、法律など専門外の私にもよく分かる、楽しい手紙だった。最後には「ご両親にくれぐれもよろしく」と結ばれ、行き届いた文面で、申し分のない花婿ぶりだった。しかし、結婚式まであと二ヵ月と迫ってきても、式の打ち合わせや家財道具の話し合いは一度もない。「そんなことはオレにとってはどうでもよいこと。ルミがしたいなら勝手にすればいいだろう」と言うばかりだ。式場はどこにする、予算はいくら、どんな料理にするのかなど、「親がやればよいこと、結婚式なんてだいたいが親のためのものさ」と、お金が関係することはいっさい話にならない。「ちょっと変わった人ね」と親たちにさえ言われ、私はそのストレスからだんだん痩せてきた。

しかし、後になって思ったのだが、私たちは、遠くに離れていたからこそ、恋愛の気持ちはつのり、殴られずに済んだのだろう。目の前にいれば「金の話？　世帯道具だ？　仕事に関係のない話を僕の前でするな！」と殴られていたに違いないのだから。

結局、お金の絡む相談はいっさいできないまま、結婚式の準備は進んだ。新婚旅行や新居の家具などについて、マサオはいくらかかるのかいっさい知ろうとしなかった。「ルミがやりたいなら、そちらの方でやりなさい。オレが仕事をしやすいようにしてくれれば、それ以外はどうでもよい」という態度だった。しかしその半面、良いもの好きで、見栄も相当強かった。背広も安物は着ない。特に同期の弁護士たちになど負けたくないからといって、最初のボーナスは全額自分の服と靴にあてたと言っていた。「ものの良さが分からない人は哀しいね」と言い、私が洋服や着物に比較的凝る方であったことも分かっていた。「ルミはセンスがいいね」「本物はやっぱり違うね」などとアクセサリーを誉めたりもするのだった。

お金にまつわる話や生活の細々した相談はできない相手、ということは、結婚前にもう分かっていた。だからと言ってマサオを嫌いになるとか、結婚をもう止めようなどとは、私はまったく思わなかった。彼がする仕事の話は面白いし、一緒になってしまえば何とかなる。いまは離れているから意思の疎通がうまく行かないだけ。親の干渉もなくなり、二人きりになれば絶対にうまくいく、と思い込んでいた。一方、母の心配は募るばかりで、「ちょっと変わった男だよ、マサオさんは。普通ならあなたのことをもっと考えてくれるし、お金のことだって、結婚を申し込んだ以上、男のほうがそれなりに持つのが当たり前。勝手に欲しいものはそろえなさい、なんておかしいわ」と嘆く。私もマサオからのイライラした声の電話が終わると気持ちは落ち着かず、顔には吹き出物が出てなかなか治らなかった。四八キロもあってぷくぷくした丸顔の私が、結婚式を前にだんだんとやつれて、四五キロになっていった。大学院での勉強にも目途《めど》をつけなくてはならないと焦っていたし、マサオの機嫌のよい日と悪い日の差が大きく、私の気持ちは落ち着かなかった。とにかく早く一緒になってしまいたい、そうすればきっと安定する、そればかり考えていた。

結婚式の当日、私の顔はこれまでにないほど吹き出物がでて、それを隠すために厚化粧となり、年齢の割りに老けてやつれた花嫁だった。招待者は百名程度だったが、双方ともかなり力を入れて来賓を招いたのか、重々しい結婚式だった。両家の客たちからは「これ以上のカップルはない」と誉めちぎられ、祝福され、親族も友人もみな喜んでくれた。しかし、どこかに何か無理はなかったのだろうか。マサオの方の主賓席には最高裁の判事が一人、司法研修所の所長、同じく研修所の教官五人が居並ぶ。私の方も遠縁の最高裁判事一人と大学の教授、恩師たち。重々しく華やかな祝宴であった。

新婚初夜は挙式したホテルで過ごした。翌日、成城の自宅へ挨拶に行き、その足で北へ向かって旅立った。二人きりになって私はやっと心が安定すると思った。肌もみるみるきれいになり、札幌に着く頃には吹き出物はすっかり消えていた。マサオと二人になれば、あの不安やストレスはぱったり消えるのだ、母の心配とマサオのイライラの間にはさまっていたのが一番悪かったのだ、と私は思った。

しかし、こうした安らぎはほんの瞬間で終わった。官舎に足を踏み入れたその晩、私は生まれて初めてのことを経験させられた。顔を殴られたのだった。せっかく美しくもどった柔らかな肌に、いきなり平手打ちが飛んできた。その瞬間、理由が分からなかった。少し後になって、「えっ、お粥炊くの?」と私が不満そうな口をきいたことから腹を立てたようだ、とわかった。「オレの胃腸の心配を最優先しない嫁なんて」ということだったらしい。私は親にも手を挙げられることなく、育ってきた。子どもの頃は両親からも祖母からも「悪い子はお尻ペンペンよ」などと言って叱られたが、実際に尻さえ叩かれたことは一度としてなかった。生まれて初めての経験に私はただもう唖然として、口もきけなかった。「結婚するって、こういうことなの? マサオの奥さんになるって、こういうことなの?」と、私は涙をおさえることができなかった。

十二指腸潰瘍で休職

マサオの胃痛は相当ひどかった。体をエビのように曲げると少し楽になるといって、痩せぎすの身体をくの字に曲げて横たわっている。時々、「差し込むように痛い」と言って顔を歪める。額に脂汗を浮かべて痛みに耐えている姿は、可哀相で見ていられない。

「まあ、どうしましょう！　私どうしてあげたらいいの？」

いままで胃の痛みなどまったく経験したことのない私は、こういうとき体のどこをさすってやったらよいのかそれさえ分からず、おろおろするばかりだ。思いきって背中をさすると、「やめろ！　もう、おまえのせいだぞ。チクショウ、明日から役所だっていうのに……」とうめく。翌朝から仕事だと思うだけで緊張し、よけいに胃がキリキリしてくるらしい。しかし、「おまえのせい」とはどういうことなのだろうか。「わたし？　わたしのせい？　どうしてなの？」と聞く。

「うるせえな、そうやってイライラさせるからだよ。あーあ、結婚急ぎ過ぎたかなあ」

私は悲しかった。あんなに毎日のように手紙で「楽しみにしている。結婚しよう。こっちへ来てください」と書いてきたマサオが、やっと式も終えて官舎で二人きりの生活を始めようとする初日に倒れた。目の前で「痛い、痛い」と身をよじらせている。痛みが少しおさまると、「おまえのせいだ、明日からの仕事をどうしてくれる」と責めたてる。「どうしてくれる」と私にいわれても、と思うが、口には出せない。結婚式のために一週間も休暇を取ってしまった。判決書きはたまってしまった。令状当番（逮捕令状などを出すこと）も同僚に代わってもらっている。早く出勤して借りを返さないといけないのに、こんな調子じゃまた休まなければいけなくなる。結婚なんてしたばっかりにこんな目にあった……と彼は思っているに違いない。だからイライラしてさらに胃が痛む。

そういえば私は空腹であることに気がついた。結婚式や旅行の疲れで私だってもう倒れそうだ。胃痛の薬は何を飲ませたらいいのだろう。この近所に医者はいるのだろうか。初めて来た町でそんなこと分かるはずがない。いったいどうしてあげられるのだろう。「ごめんなさいね、早くよくなってね」と言う他に何もできず、涙が頰を伝う。官舎の部屋の中は薄暗く、裸電球がひとつ、ぶら下がっているだけだ。なんとわびしい部屋だろう。私が送った嫁入り道具はまだ玄関のわきの部屋の前に積まれたまま、二人分の新しい夜具の包みも解かれていない。今夜はマサオの煎餅布団に二人して身を横たえるしかない。マサオは私が炊きそこなったお粥を二口三口運んだだけで、寝入ってしまった。私はその残りを食べて、お茶だけ飲んで、成城の実家に電話をかけた。

「やっと着きました。いろいろありがとう」これ以上のことは母には言えなかった。マサオが胃が痛いといって大騒ぎして、お粥がうまく炊けなくてひどく殴られたこと——こんなこと、絶対に言えない。これまで何でも母に話し相談する明るい娘だったけれど、今日限りそれは終わりです——という言葉を飲み込んで受話器を置いた。田舎の姑にも電話をした。「おかげさまで、無事に官舎に着きました。いろいろお世話になりました。お母さまもお疲れでしょう、おやすみなさい」。嫁としての精一杯の挨拶だった。

翌日、「もう一日休暇を取ったら」と言う私に耳も貸さず、マサオは這うように役所に出ていった。二七歳の青年が薄い粥と梅干だけで十分働けるわけがない。それなのに、「オレの頭は高尚だからこういう粗食が一番なんだ」と言い張って出ていった。胃は相変わらずときどきキリキリ痛むようだが、しばらくするとおさまるらしい。こうして二、三日が過ぎたが、相変わらずだ。そこで近所の医者を探して無理にマサオを連れて診察を受けさせた。診断は「まあ、過労でしょうから、ゆっくり休んで薬を飲むように」と言われた。しかし、「仕事を休むくらいなら死んだ方がましだ」と怒鳴るように言う。痛いといっては体を曲げ、しばらくするとおさまったといってまた仕事に向かう。こんな様子が三週間も続き、思い余った私は夫の親元に電話をした。「それは大変！　お父さんの顔ですぐによい先生を紹介してもらうから、待ってなさい」と義母は言い、直ちに大学病院の胃腸科の専門医師への紹介状が送られてきた。普通ではとても診てはもらえない大先生だとかで、ありがたかった。病院でのバリウム検査の結果は間もなく知らされた。「十二指腸潰瘍。向こう三ヵ月の安静を要す」との診断だった。入院はせず、自宅で内科的療法をする。

どうしたらいいのだろう。私は途方に暮れた。健康な家庭に育ったおかげで、病気などしたことがない。家に胃腸を病む人は見たことがない。いったいどうしたら、家で療養などできるのだろうか。私は、毎回必ず夫の診察に付き添って行っては主治医から話を聞いた。十二指腸潰瘍の食事には何がよくて、どのように調理するのか、献立のサンプル表ももらった。薬は袋に入ったものをまるで山のように渡された。「しばらくは仕事を忘れなさい。自律神経失調症ですから、何よりもストレスを避けて、ぼおっとしていなくては治りませんよ」と医者は言う。

新婚三週間目で夫は病に倒れ、自宅に病人を抱えることになるとは、新妻にとって大きな負担だった。家事の合間に修士論文を仕上げようという計画も、これではお預けだ。買い物はバスに乗って五つほど先の北市場へ行かなければ、病人の胃にふさわしい新鮮な魚や野菜は手に入らなかった。マサオのための食餌療法を忠実に守らなくては、体はよくならない。

「消化器の潰瘍を治すには、一にも二にも奥さんの食事の管理が大切です。消化がよくて脂肪の少ない食事をきちんと摂って、薬を真面目に飲んで、あとは仕事を忘れることです」。大先生はこう指示をした。私は「これこそ私の仕事」とばかり一所懸命にマサオの健康管理に力を尽くした。

一方、そのマサオ本人の機嫌は猛烈に悪い。マサオも私もとりわけ辛かったのは、休職する旨の申し出を役所の部長（裁判長）の家へ報告に行くことだった。「おまえも一緒に来い」と言われ、私も付き添って訪問した。

そのわずか二週間前のこと、結婚の挨拶に二人揃って行ったばかりである。その時には私は淡い桜色の訪問着を着て、成城の母が用意してくれた挨拶用の縮緬の風呂敷を手土産に持参した。「裁判長の奥様には、よろしかったらお使いくださいまし、と言うのよ」と、口上まで教えられ、「とらや」の紅白の和菓子を添えて差し出した。地裁所長、所長代行、部長など主だった上司の家を訪問した。マサオは私の着物姿がいいと言い、「オレから三歩下がって和服で従うところなんて、天下一品の若奥さんぶりだ」などと言って喜んでいた。当時、昭和四〇年代の初め頃はもうすべて洋風になっていて、若いミセスが和服を着る機会などは知り合いの結婚式や子どもの入学式など、よほどの改まった場でしかなかった。上司の家を訪問するにもたいていはワンピースやアンサンブル、スーツなどだった。しかし、マサオは和服が好きだと言っていた。私の方も古風なところのある母や祖母の影響からか、観劇や同窓会などの集まりにはよく着物を着せられていた。嫁に行くと決まってからは、祖母は「ルミちゃんが一人でも着物がちゃんと着られるように」と、上等な丸帯にジョキジョキと鋏を入れて、二つに切断してしまった。お太鼓と平帯に仕立て直すというのである。驚いて声を挙げた私に、「こんな高価な帯を切るのはもったいないけれど、箪笥の肥やしでいるよりは、ルミちゃんが一人で着られる方がいいものね」と笑う。明治生まれの祖母は合理的な考えのできる女性で、モダンな趣味を持っていたが手先もまた器用だった。和裁もお手のもので、私の箪笥を埋めている着物や帯は、すべて祖母ヨリコの仕立てだった。それを知ってか知らずしてか、私が着物を着るたびにマサオは歓声を挙げた。「うん。ヨシ!」「今度は所長の家に連れて行くぞ、あそこは少しシックな着物にしろよ」などと勝手な注文をつけるのだった。

マサオはカメレオンのような男、と私は思うようになった。ついさっきまでは所長や直属の部長(裁判長)の家で、ニコニコと談笑して機嫌が良かったのに、官舎に戻るやいなや、眉間にシワを寄せこめかみに青筋を立てて怒り始める。

「何だかんだ言っても、所長は来年オレを家裁に回すつもりよ。家裁か簡裁に行けなんて言われたら、オレはもう辞めてやるから」とふくれている。「それなのにお前ときたら、呑気に、『白身の魚はこちらにはいいのがあって、主人の病気には助かります』だなんて言っていたが、所長はオレが十二指腸潰瘍で三ヵ月も休んだら初任地での成績がどう評価されるか、それを暗に言おうとしてたんだぞ。まったくお前は無神経で……」と、クドクドとお説教が始まる。私に対して怒っているのか、所長の話しぶりから人事考課の不安を感じたからなのか理由は分からないが、不機嫌ぶりはすさまじい。地裁の判事補が家裁の判事補になったら、何がいけないのか。勤め先が隣りの建物に移るだけじゃないのか、それが彼のプライドを傷つけたのだろうか。同期の判事補三人のなかで一番成績がよくて重要視されていた自分が、結婚直後に休職するという事態になったことが職場で話題になり、そんなことがプライドを傷つけるのか。そのため、何も知らない妻に八つ当たりしていたのか。いまにして思い出すと、当時の私には彼のこうした事情や心情は十分理解できなかった。

さらに悪いことになった。「家裁や簡裁に行くことになったら、ウチは困るのですか?」と、慰めるつもりで聞いたのがいけなかった。いきなり風呂場に走って行って、ガシャン！　ガシャン！　と音立ててガラスを叩き割った。そのままバタンと戸を閉めて自室にこもると、翌朝まで出てこようとしなかった。ただでさえ隙間風の入るボロ官舎は、マサオのかんしゃく玉が破裂するたびに、一層寒風が吹き込むのだった。結婚して初めて迎えた冬の一二月、一月、二月は自宅での食事にばかり気をつかって過ぎた。北海道では厳しい寒さと苛酷な大雪のことを〝冬将軍〟と呼ぶが、家のなかにも病気の将軍を抱えた私には、まさしく闘いの新婚生活であり、ナポレオンのロシア遠征さながらの思いだった。

夫の暴力

マサオの胃潰瘍がようやく癒えはじめる五月中頃、街には、春が一気に訪れた。梅も桃も、桜もいちどきに咲きそろう北国の春。私は喜びの快哉《かいさい》を叫ばずにはいられなかった。春だ! 春だ!

春が来たのだ! それになによりも嬉しいことは、夫の胃が快方に向かい、食生活に気を遣わずにすむということだった。長かった胃潰瘍もようやくおさまり、これからは栄養をつけて体力を回復してもらおうと、朝食にオムレツを作った朝のことである。食卓を見てマサオは、「朝はみそ汁と漬け物だけで結構」という。「だいたい、こんなものを食べる人間にろくな奴はいない。よくまあ、ルミは朝からそんなもの食う気になるな」と、ガンとして箸をつけようとしない。

「せっかく作ったのよ。体にもいいし、今日だけでも食べてくださいな」と言うや否や、耳をつんざくような大声で、「うるさい！　いらんと言っとるだろうが……。貴様は文学部なんぞ出ているから頭が悪いんだ。僕がそんなもの食えんこと、もうそろそろわかってもいいだろうが、馬鹿ヤロウめ！」と怒鳴り散らし、その瞬間、卓をガッシャーンとひっくり返して立ち上がった。フワフワの黄色いオムレツが二つ、グシャグシャと畳の上に落ちた。みそ汁もお茶もご飯も、ダダダッと卓からずり落ちて、畳の上は朝食の洪水となった。私はフキンを取りに立ち上がる気力もなく、呆然とその場に座り込んだ。

「まったくもう、これじゃこっちは死んじまうぜ。せっかくこのところ胃痛もおさまってきたというのに、何だい！　また興奮させやがって、いつになったらオレをそっとさせてくれるんだ」

隣りの部屋で、こめかみにびくびくと青筋を立てて怒鳴っている様子が、鏡に写って見える。唇を噛み、目にはこの世の人とも思えぬ妖気さえただよわせている。私は恐ろしさに震え上がった。私の夫はこんな男だったのか。

マサオは食が細かった。ちょっと食べると箸をおき、左手を胃のあたりへもっていく。そして講釈が始まる。「おまえさんは栄養だか何だか、考えすぎだよ。人間なんて粗食でなきゃいかん。ぶくぶく太って頭の切れる人がいると思うかね。本当に頭のいい人はみんな痩せているよ」と、独自の論法を繰り広げる。肉は鶏のささみを少々。あとはもっぱら漬け物。濃いみそ汁の他に湯豆腐か納豆があれば、最高の贅沢……と。

「いなかの家では、月一回くらいそのくらいのおかずがつけば上等で、魚なんて鯖が三月《みつき》か四月に一回、町に一本届くのを、うちのお袋が行って買うんだ。普通の家じゃ食べられないもんだよ。石垣先生のうちならって、魚屋が取っておいてくれる。魚を食うのは四ヵ月ぶりくらいだよ」

私は「ええ、ええ」とただうなずくだけだ。あなたと私はなんでこんなに食生活が違うんでしょう、と心の中で語りかけながら、目には涙があふれてきた。好きな料理の腕も振るえないとあっては仕方がない。私は夫と同じものを食べていると、空腹でたまらない。粗食でフラフラしそうだった。私は実家から送られてくる米国製のコンビーフやスープの缶詰を開け、一人、台所の隅で食べたりもした。悲しかった。

知的で議論好き、博学でちょっとニヒルなところのある男。そういう魅力は私にしか理解できないと思っていたのだが、その夫は妻に対して平気で暴力を振るう男であった。あの十二指腸潰瘍さえおさまれば、もう大丈夫なのかと思って耐えていたが、このオムレツ事件をきっかけに、この夫と暴力は切り離せない関係にあるのだ、と認識するようになった。

子どものときから親からも手を上げられたことなどなく育った女性が、結婚した夫から初めて暴力を振るわれたとき、彼女たちは天地がひっくり返るほど驚き、おそれ、呆然となる。このことは最近ようやく活発になったＤＶの研究者が報告している。それは私も同じだった。新婚旅行から帰ったその晩から、私は夫の激しい殴打に遭った。殴打ばかりではない、突き飛ばされ、足蹴《あしげ》にもされた。こうした事態に驚きと恐怖で言葉を失い、体は動かなくなるほどだった。しかし、殴られた瞬間、私の頭をかけめぐったのは「このことは他人《ひと》に言ってはならない」ということだった。もし夫に殴られたと知られれば、他人は殴った夫ではなく殴られた妻の方を「いたらないからだ」と思うだろう。それは私には耐えられないことだった。私は最高学府を出て花嫁修業もした完璧な妻でありたかった。殴られたことは私が我慢すればすむことだ。

いつからか私はサングラスが手放せなくなった。彼は癇癪《かんしゃく》を起こすと、決まって私の顔を殴った。目の周りや頬はアザとハレが絶えなかったので、それを隠すために、外出する時はいつもサングラスをかけていた。一九六〇年代のことだったから、きっと「気障《きざ》な若奥さん」と思われていただろう。当時、サングラスなんてかける女性といえば女優さんで、それもお忍びで街に出るときにかけるもの、と相場が決まっていたのだから……。

新婚生活で私をとまどわせたのは、夫の感情の起伏が並みはずれて激しかったことだ。人前でやたらと社交的に愛想をふりまき気を遣い、まさに〝気配りの人〟のように見せる半面、家で妻に見せる絶望的な不機嫌さ。身も凍りつきそうな冷酷な態度には、度肝を抜かれるほどだった。こんな調子で、人前と妻の前でのご機嫌が天と地ほども変わることは珍しくなかった。

「少し、ご主人を大事にしすぎるんじゃないの？」と、近所の裁判官官舎の奥さんたちからからかわれるほど、私は夫を立て、大切にあつかい、まさに夫唱婦随の夫婦だった。それは、もともと私や夫が育った家庭環境がやや古風だったからだが、半面では私が夫にある意味で惚れていたからもある。しかし最大の原因は、マサオの気性の激しさ、その凶暴さゆえであった。常に機嫌を損ねないように気を遣い、かゆいところはここかあそこかと手をさしのべ、一から十まで世話を焼き、「殿よ、殿よ」とあがめていないと、暴力を防ぐことはできなかった。

マサオが暴力を振るうきっかけは、まことに些細なことだった。「まあ、寒い！　今朝はもう氷が張っているのよ」と、天気の話をしただけで、「冬が寒いのは当たり前だろうが！」とか、「寒い寒いといって暖かくなるわけじゃない！」と、いきなり朝からゲンコツが飛んでくるのだった。テレビを見ている最中に、私が少しでも批評めいた感想を漏らすと、「おまえさんが考えていることくらい、このオレが知らないとでもいうのか！」と言って殴りつけてくる。暑さも寒さも、流行歌手の批評も、夫の前では自由に口に出来なかった。

ではなぜ、そんな男に我慢をしていたのだろうか。最大の理由は、暴力がおさまった後、まるで掌を返したようにマサオが優しくなって、私にベタベタになってしまうことにあった。こちらはもうこんな夫のために夕食など作れるものかと、一日中ムカムカしているというのに、夕方帰宅した夫は妙に優しくなって、「ルミ、やけどすると危ないから、僕が天ぷら揚げてあげよう」「ほら、こっちの方が大きくてふっくらしている、この海老おあがり」と、子どもに食べさせるように、私の口に入れてくれる。食事が終われば、片付けているそばから「ルミ、こっちへおいで。可愛いよ。うなじがきれいだ」「ルミ、今日は早く寝よう。布団敷いてあげるね」といった調子である。

こうなると私もツンツンしてはいられない。もともと機嫌のいいときの夫は大好きなので、つられて機嫌を直して、やっぱりマサオを大事にしよう、私のだんな様なんだから、もっと気に入ってもらえるように私が気をつけなくては……と思ってしまうのだった。

最近、夫婦間で繰り返される暴力のことをドメスティック・バイオレンス（略してＤＶ）と呼び、大変問題視されるようになり、二〇〇一年には「配偶者からの暴力の防止及び被害者の保護に関する法律」（通称ＤＶ防止法）という形で法制化されるにいたった。しかし、はるか昔、三〇年以上も昔のこと、そのような言葉があることさえ誰も知らず、私の周囲でも夫が妻に暴力を繰り返す事実があるということを口にする人などいなかった。

ＤＶなどとはおよそ縁のない結婚生活をしている読者には想像もつかないと思うが、このＤＶにはいくつか特徴がある。そのひとつは、「虐待のサイクル」という現象だ。ＤＶの加害者は常に暴力を振るうわけではない。暴力を振るって暴れ狂うようなときがあると、その後、急に後悔の情を見せたり、優しく振舞うことがある。このため被害者は、加害者との関係をなかなか断ち切れない。「ＤＶ夫には、緊張期→爆発期→ハネムーン期があり、これが繰り返される〝虐待のサイクル〟だ」と、アメリカの心理学者レノア・ウォーカーは言っている。

最近になってこれを読んだ私は、改めてマサオとの日々があまりにもそっくりそのまま当てはまることに驚きあきれてしまった。そうなのだ。ハネムーン期のマサオはべったべただ。「一晩中可愛がってやる」といって、寝させてはくれなかった。

台所で読む六法全書

私は修士課程の学籍を残したまま結婚した。家事や子育てと両立させながら勉強を続け、いつか美術史の研究者になりたいというのが私の夢だった。しかし現実には、胃腸が極度に弱い夫の健康管理に心を砕く日々が続いた。前述の通り夫の暴力に泣かされ、殴られた顔のはれを冷やしながら、一日中横になっていなくてはならない日々も少なくなかったが、なんといっても子どものいない専業主婦の生活はおおむね暇である。

いまほど電化されていなかった家事も、慣れてくると、夫婦二人の生活ならあっという間にかたづく。私は夫の持病を抑えるコツをだんだんと会得していったので、胃痛が激しくない時期には集中的に勉強時間がとれた。そうして修士論文も早々に仕上げることができた。学園紛争でロックアウト中の東大へ、出来上がった修士論文を郵便で送った。そして、夫にはくわしいことは話さず主任の吉川逸治教授に博士課程への進学を相談に鎌倉のご自宅まで訪ねて行った。大学紛争のさなかであることから、教授は「いま東大は大変ですよ。すっかり荒廃して、すべてめちゃめちゃにされましてね、まったく存亡の危機です。人材もまったくろくなのがいなくて……」と、全共闘にすっかり占拠された研究室の実情を嘆かれた後で、「悪いことはいいませんよ、若いうちにぜひ子どもさんをお産みなさい。国家の役に立つ良い子をお産みなさい。学問はそれからでもできますから」と諭されたのだった。まさに〝ドクター（博士）・ストップ〟である。私はここで、研究はいったん打ち止めにするほかはない、と決心した。博士号より今は子どもが先との、主任教授からのお達しだからである。家にもどりマサオに正直にこの話をすると、「文学部の教授もたまにはいいことを言うね。来年は子どもをつくろう」と言った。

マサオは自分の法律書には金を惜しまなかったが、私の勉強のために本を買うことにはまったくいい顔はしなかった。美術史の本はどれも高く、お小遣いのない私には手が出せない。となると家にいて読むものがない。しかもドクターコースは諦めてしまった。そこで退屈まぎれに、夫の本棚から法律書を取り出し、手当たり次第に読み始めた。

まずは憲法、そして刑法総論。とくに団藤重光教授の刑法綱要総論の教科書にはそのみごとな論理構成の魅力に圧倒された。私が大学時代に学んだ芸術や文学という感性の世界から、法という論理の世界への転換である。法律を識るということはなんという快感だろうか。私にとってそれは本当に新鮮で、息詰まるような興奮を与えてくれた。マサオも「ルミは法律の飲み込みが早いね」と大いに喜び、共通の話題ができたといって機嫌も良かった。なにしろ、彼の話題の九九パーセントは仕事、つまり法律の話だったからである。やがて「せっかくなら司法試験を受けてみたら。ルミなら絶対、一年で受かるよ」と言うほど、私は法律に詳しくなるのである。後になって考えれば、このときの夫の言葉が、離婚を決意するときの〝希望〟となり、大きな〝支え〟になった。皮肉なことではあるが、私の一大転機を支えるきっかけは、こんな瞬間にあったのである。

北国の冬は長く、来る日も来る日も雪。法律の勉強でもしていなかったら、主婦業だけでは滅入ってしまいそうな、そんな閉ざされた生活だった。そうしたある日、東京の友人から「妹がそちらの大学へ入り、しばらく下宿生活をすることになったので、よい下宿を探してくれませんか」と依頼の手紙がきた。たったそれだけのことで、私はパッと世の中が明るくなったように感じた。それは「人から何か頼まれる」こと「人から必要とされる」ことの素晴らしさ、手応えを初めて実感したときであった。「ああ、私は仕事をしたい！　主婦以外の仕事につきたい！」という欲望が無性に湧いた。ささやかな、私の社会への目覚めともいうべき出来事だった。

［第二章］わが子の誕生

出産準備

私にとって二度目の冬将軍がやってきた。「雪まつり」で有名な札幌の二月は、大雪が繰り返し襲ってくる。質素な官舎の屋根は雪の重みでいまにも押しつぶされそうに思え、不安で眠れない夜もあった。私のお腹はやっと少し張り出してきたものの、厚手のオーバーコートを着てしまうと、妊婦であると気づく人はめったにいない。もう九ヵ月に入り、いよいよ出産も目前となった。「北国の三月は、まだ雪も深く、身寄りもいないから、初産は里でなさい」という夫の母の言いつけもあり、私は東京の実家に帰ってお産をすることになっていて、何かと準備に余念がなかった。

「産着一式は、こちらで揃えてあげる」と、実家の母に言われてはいたが、自分たちの第一子なのだし、新生児にはどんなものが必要なのかも知りたくて、市内のデパートに出かけることにした。雪道はマイナス十数度の寒さでカチンカチンに凍りついている。雪靴という、底に深い刻みのあるゴム長を履いて、冷えないようにセーターも下着も靴下も何枚も重ね着をする。学生時代の友人に見られたら「あれが、あのおしゃれにうるさい久瑠美さん?」といわれそうだと内心苦笑しながら、生まれてくる子の産着やら、おくるみ、哺乳瓶など最小限のものを取り揃えた。

その前日、私は夫に少し甘えてみた。「たまの日曜日なのだから、三越までついてきてくださらない？ 道で滑ると大変だし、大きな荷物になると私、持てないから……」

彼の機嫌も悪くなさそうだったし、胃の具合も落ち着いていると見えた時期だったので、初めての子どもを迎える買物くらいつき合ってくれるものと思ったのだが、私の誤算だった。

マサオのこめかみがヒクヒクと動き、見る見る青筋が浮き上がってくる。「バカ野郎！ 貴様、とっとと成城（実家）へ帰れ！」

耳をつんざくような罵声。次の瞬間、私は仰向けに押し倒され、ビシャッという音とともに、ゲンコツが一発、また一発とあいついで顔面に飛んできた。

「おまえは、まだわからんのか。オレはね、おまえの親父みたいなゴキブリ亭主じゃないんだ！ だいたい、ろくでもないフヌケ親父を見て育つから、そうなるんだ。赤ん坊なんて、生まれて当分は寝ているだけだ。そのへんの布切れ巻きつけておけば十分さ。おまえの親父は東大出てるかしらんが、東大だってね、法学部出た奴なら、そんなゴキブリ亭主にゃなりませんからね」

いつものぞっとするばかりの罵詈雑言《ばりぞうごん》がふってきた。二言目には私の父への罵倒だ。悔しさに唇をかみしめる。しかし、殴られた痛みと親を侮辱された悲しさで、反抗する力もなえていくのが、自分でもわかる。

「何が三越だ、五番館だ。そんなにいろいろ用意したきゃ、成城で勝手にやってもらえ。オレは知らん！」

ああ！　また彼の嫌な面を見てしまった。何より仕事第一主義の男。二人の間に最初に生まれてくるベビーのことすら、語り合うこともできない。子どもの衣類がいくらくらいのもので、お産にはいくら予算をとっておくか、私はまた話し合う機会を逸した。後には、いい知れない不安が残ったままだ。

マサオは優しいときは優しかった。布団の上げ下ろし、ストーブや風呂の燃料である重い石炭運びも手伝った。機嫌さえよければ、よい亭主だったといえる。しかし、同時に一風変わった男でもあるのだ。

「男の子が欲しい。将来、日本の総理大臣になる立派な男の子が。男の子じゃなければ、産んだって意味はない」と言い張ったかと思うと、「名前は『捨《すてる》』だ」と言う。「捨てられるとその子は強くなる。捨てられたことによって発奮していい子に育つんだ」などと言う。「『捨』なんて名前いやよ」と言うと、「じゃあ、捨吉だ。いい名前だろ。将来、大物になるよ」と自慢げに断言する。「捨吉？　吉を捨ててしまうの？　かわいそう……」「いいんだ、名前なんか悪いほうがいい。僕はもう、捨吉に決めたからね」と決め付け、私が何か言おうとすると、「うるさい。僕は疲れてるんだ。明日の判決に影響するから、もう黙ってろ！」と怒鳴って、くるりと背を向けて寝てしまう。

この人は何を考えているのかしら？　この頃から私は、夫がだんだんわからなくなっていったのである。デパートへ一緒に行く行かないで殴られた怪我は、幸い目のまわりに大きなアザをつくった程度ですんだが、妊娠中も暴力は少しもやわらぐことなく繰り返された。いま思うとよく流産もせず、無事に九ヵ月目を迎えられたものだと思う。

いよいよ上京する日も近づき、私は毎朝鏡をのぞきこんでは、早くこのアザが消えるようにと祈った。出産予定日は三月二一日。その一ヵ月前にあたる二月二〇日、私は夫に付き添われて、東京・成城の実家へ里帰りした。

「来月、東京でお産をするので、しばらく留守をしますが、よろしく」と、両隣りの裁判官の官舎の奥さんに挨拶に行く。

「あら！　オメデタだったんですか。ちっとも知らなくて。奥様スマートだから、まったく目立たないのね」

そういわれて、お腹のあたりをしげしげと眺められてしまう。雪国では隣近所も家に引きこもりがちだから、とくに親しく家庭内の事情を話し合う関係でもない限り、仕方がない。夫が裁判官などという職業だとなおさら、外の世界とは疎遠になるようだ。どちらかというと社交的で華やかなお付き合いが好きな私は、地方の生活、とくに雪国の冬の生活はじっと我慢を強いられているような感じだったから、「上京する」と思うだけで心は躍り、目の前がぱあっと開けるような気がしてならなかった。

羽田に降り立った夫と私は、父が差し向けてくれた黒塗りの車に乗って世田谷区成城の実家へ向かった。久しぶりで走る高速道路から東京の街を眺めると、車の込み具合も、夕陽に反射して輝く車の屋根の色も、行き交う女性たちのコートやスーツの色合いも、何もかもが好ましく見えた。ああ、雪国に比べて東京はなんて色がきれいなんでしょう……固く凍てついていた心も、一時間も車を走らせているうちにどんどん融けていくようだった。対照的にマサオは不機嫌で苛立ちを高《こう》じさせていた。

「ホントに東京ってとこは、ゴチャゴチャして落ち着かないね。こんな車の洪水のなか、よく車で走ろうなんて気になるね。これじゃあ頭に悪いよ。神経だって集中するわけないし。こんな所にいたらいい仕事できっこないなあ。東京地裁の判事なんて、ろくな判決書けないはずだよ」

後部座席に深く身を沈めるようにぐにゃっと座って、独り言をつぶやいている。私に話しかけているつもりらしいが、私は上の空である。

母の胸騒ぎ

「あ、来た、来た。はい、ようこそ、ようこそ。お疲れでしょ、大丈夫？　遠くからだから心配してたのよ」

車が到着すると、待ちきれなかったように母が門の外までニコニコ顔で出迎えてくれた。妹と、私の父方と母方の二人の祖母までそろって、玄関の外へ集まってきた。

「まあ、ルミちゃん。元気そうでなによりね。あんまりお腹、目立たないわね。マサオさん、お仕事大変でいらっしゃるってねえ。これからご不自由をおかけしますけど、よろしくね。丈夫な赤ちゃんが生まれるためですから」

祖母たちは競うように孫夫婦の会話に入ろうと夢中だった。なにしろ遠くに嫁に行った孫が久しぶりに帰ってきただけでも嬉しいのに、間もなく初曾孫まで生まれるとあって、祖母二人とも軽い興奮状態だったのだろう。

それにひきかえ、初孫の誕生の世話をすることになる母の方は、私たち夫婦の表情から本能的ともいえる感覚で、何か胸騒ぎを感じていたようだった。夫は身重の私を実家に預けると、翌朝すぐに任地へ戻っていった。

里帰りは天国だと言うが、まさにそのとおりだ。実家へ戻ってからまるまる一ヵ月間、私は母と連れ立って、札幌では思うにまかせなかったベビー用品の買物にあけくれた。また「胎教」とばかり音楽会や観劇、美術館めぐりなどを楽しみ、すっかりかつての自分を取り戻したように感じていた。しかし、このときすでに私たち夫婦の間には、小さくない隙間が顔をのぞかせていたのだった。

学生のまま結婚して専業主婦になった私は、自分のお金というものをまったく持っていなかったから、実家の世話になりっぱなしだった。ところが、夫からはその間の私の生活費はおろか、一円の小遣いさえ渡されなかった。それどころか彼は、実家がすべて負担して当然と思っているふうであった。

父はまだ五〇代の働き盛りであったから、経済的にもゆとりがあり、安月給の若い夫婦のためにかなり負担することになるだろうという覚悟はしていたようだったが、まさか大学も出ている二人が、そんな基本的な家計について何の計画もなく転がり込んでこようとは、思ってもいなかったようだ。父は元来が鷹揚《おうよう》な性格であるうえに、家計のこと一切は妻任せの人であったから、マサオが費用のことなど相談せずさっさと帰ったことを別段とがめたりはしなかった。

母もそのことは一言も口にせず、ただ一所懸命に臨月の娘の食事を気遣い、ベビーベッドをはじめすべてを喜んで買いそろえてくれた。それは若夫婦がそろって「ありがとう」と言ってくれるものと、信じきっていたからだ。

四時間睡眠

梅の花もちらほらほころび始めた実家で、私はよく眠った。まるで失ったものを取り返すかのようにむさぼり眠る私を見て、母はいぶかしがった。「あなた、あちらではろくろく寝かせてもらえなかったの?」と尋ねる。

「そんなことはなかったけど、でも、寝るのはたいてい午前三時とか、四時とか。あの人、何もかも遅いのよ」

「いくら遅いといったって、なんでまた、三時や四時になるの」

「晩御飯食べ始めるのがだいたい八時ごろ。それから晩酌をしながらぺしゃくしゃぺしゃくしゃ、おしゃべりしどおしで、ご飯はぜんぜん進まない。役所で今日こんなことがあっただの、上司の裁判官が頭が悪くて頭にくるとか、法廷で証人に出てきた女性がすごい美人だったとか、宮沢は将来総理大臣になるかならないか、微妙なところだね、とかよくしゃべるの。機嫌がいいとね。それで、食事が終わるのが一一時過ぎ。それから後片付けでしょ。彼は、その間テレビ見て、そうこうしていると一二時になるから寝ると思うでしょう？　違うの。『じゃあ、始めるか』って言って、それから隣りの書斎へこもるのよ。裁判の判決書き。机に向かって、それはよくやっているわ。仕事は男の生命だそうだから、集中力はたいしたものよ。私が少々声をかけても、振り向きもしないわ。夜中三時か三時半ごろにやっと終わって、それからだから寝るのは明け方四時ってとこね」

「まあ、あなた！　そんな生活してたの？　で、朝はどうなの？」

「法廷は一〇時だから、役所から迎えの車が九時一〇分に来るの。まだ二八歳で新任だっていうのに、黒塗りの公用車がオンボロ官舎の玄関に横付けになるのよ。八時半に彼を起こすのだけど、寝起きが悪くてなかなか起きてくれないのよ。結局八時四〇分くらいに布団から出てきて、顔も洗わず、パジャマのまま朝ご飯を流し込んで、それから髭剃りだの髪にドライヤーあてるだのして……」

「あなたの睡眠時間は？」

「私は四時間は寝ているから大丈夫。でもお腹に子どもがいるときって、眠いわねえ」

こんな暮らしぶりを知って、母は私の健康管理に夢中になった。

毎日届く手紙

任地に帰った夫からは、毎日のように私宛ての手紙が届いた。「まるで婚約中と同じね」とからかわれるほどで、いまで言うラブラブの二人にみえたことだろう。いつも封筒は分厚くふくらんでいた。「まったく、マサオ君はマメだね。疲れて帰ってきて、食事して、それから毎晩女房に長い手紙を書くなんて、大したもんだ」と、父は妙に感心していた。

しかし、実のところは、毎晩、一日の出来事を妻に話したくても、長距離電話を長々していては電話代がもたないというのが正解だ。いまなら当然Eメールなのだろうが、自分の字で毎日便箋に七、八枚、多いときには一四、五枚もぎっしり書き込んだ手紙が送られてきた。まあ言うなれば手紙が日記代わりだったのかもしれない。なにしろ、九割は仕事のことが綿々とつづってあった。

「いま、僕の部には、大変な事件がいくつもかかっています。えらい複雑なので、事実関係を整理するだけでも胃が痛くなるほどです。右陪席の島田さん（仮名）はそういう緻密な作業はできない人ですから、左陪席の僕がみんなやってあげざるを得ません」

（本当は、研修所で後輩にあたる夫が、下働きとして整理作業を命じられただけのことだが、彼はそうは書かない）

「部長（裁判長）の考えはまったくおかしいと、言うべきです。あんな人権感覚で人を裁くとは、恐ろしいとしか言葉がありません。あれでは被告人が誠に気の毒です。僕は、〝裁判官は神様〟と被告人から言われるようでなくてはならないと思っています。今日も合議（三人の裁判官で判決決定の会議をすること）をしていて、部長と右陪席は懲役一年が妥当だと主張しましたが、僕は午前の別件のことで頭にきていたので、徹底的に議論して、懲役一〇ヵ月でなくては不当だと言い張ってついに論破。とうとう二人とも、じゃあ、石垣さんの意見でいきましょうという合議にさせてしまいました」

裁判官の「信書」めぐり

マサオの手紙は、こんなふうだった。本当はこうした手紙は、裁判官の守秘義務に違反する。合議体の裁判においては、判決は、裁判長、右陪席、左陪席の三人の裁判官の合議で決められる。

意見が分かれたときは「過半数で決める」と裁判所法で決められている。

裁判官は、この合議の秘密を絶対に守らなければならない義務を課せられている。厳密に言えば、家に帰って妻に合議の状況を話すことも許されてはいない。裁判官の妻もそのことを自覚し、同じように守秘義務を守るという自覚が必要であり、そのような信頼がもてないなら、妻といえども話すべきではないのである。まして、手紙に書けばそれが残ってしまう。実は、これは裁判官にとっては大変な意味を持つことなのである。

裁判官の手紙といえば、一九六九(昭和四四)年におきた平賀書簡事件というのがある。札幌地裁の所長であった平賀健太氏が、自衛隊の存在を違憲と考える福島判事に対して手紙を書き送り、担当事件の判断にあたっては十分慎重にされるように、とアドバイスをしたという。

これを受け取った福島判事が、「裁判の独立を侵すものだ」といって公表したことから、事件が世間に知られるようになり、後に「司法権の独立」が問われた明治時代の大津事件とともに、大学の憲法の教科書にも載るほどになった。当時、この事件の渦中にあった札幌地方裁判所は、蜂の巣をつついたような騒ぎであった。

連日連夜、この問題で裁判官会議が開かれ、マサオの帰宅は午後一一時、一二時を過ぎた。私は昼間、夫の本棚から憲法の教科書を取り出しては読みふけっていたので、平賀所長の出した手紙の問題性はよくわかった。裁判干渉は明らかである。憲法にうたう裁判官の独立を侵すものである。

裁判では書証が「証拠の王」とされる。紙に書かれたもの、なかでも日付のある手紙は、何よりも動かぬ証拠として重要視される。裁判官がそれを知らないわけはないのだが、やはりそこは人の子、自分の気持ちを伝えたいときは、つい手紙を書きたくなるらしい。相手を信頼していればこそ書き送るのだから、受け取ったほうもその取り扱いは慎重であるべきだが、それも時と場合によるといわれればそれまでだ。

このとき、受け取った福島判事は、私信を公表したことで最高裁から厳重注意処分を受け、以後、不遇といわざるをえない人事待遇を受けることになった。そして裁判干渉をした当の平賀氏は、最高裁のおぼえめでたく順調に出世したのも、皮肉な話である。

これは福島判事が青年法律家協会（青法協）のメンバーだったことが理由になって起きたと言われている事件だった。青法協が昭和四〇年代にどれほど最高裁から嫌われていたか、そしてその排除をめぐる闘争については、ここでは割愛する。

このように仕事上の絶対の守秘義務に抵触するようなことなのだが、夫は東京にいる私に、毎晩のように書き送ってきた。ただ、手紙からは一番肝心なこと、夫が子どもの誕生をどんなに楽しみにしていたかは、ほとんど伝わってこなかった。しかし、「私はこれほど夫から信頼されている」と内心うれしく誇らしいとさえ思った。彼をまだ全面的に信頼しきっていたのである。少なくとも三月二一日までは……。

無言のイライラ

三月二一日は、出産予定日だった。しかし予定日というのはあくまでもその人の排卵周期から推測して決めるものだから、一、二週間の誤差はある。とくに初産の場合は遅れるというのが常識になっている。しかし、若い夫はそんなことは知らず、予定日にはほぼ生まれるものと思い込んでしまっていたようで、その日を境に機嫌が悪くなった。その証拠に夫は、この日をもって、ぷっつりと私への手紙をやめてしまった。それまでの私は、週に二、三回は缶詰や彼の好きなものを買いそろえては小包にして夫の元へ送っていた。荷物は隣りの官舎の奥さんが、夜、彼の帰宅したころを見計らって届けてくれる。「小包が届いたよ。また、隣りの奥さんから『はい、愛の小包来ましたよ』とからかわれたよ」と、ご機嫌で高い電話代を覚悟で電話をかけてきたのだった。ところが、予定日を過ぎると、小包が届こうが手紙が届こうが、まったく連絡がなくなったのである。

「まだ生まれないのかい?」「うん。おかしいんじゃないか」「成城でのんびりさせ過ぎだよ」「運動もしないでぼーっとしているから、なかの赤ん坊まで眠っちゃって、出てこないんだよ」と、田舎の母親と電話で話している様子が目に浮かんだ。

「オレが単身でここで頑張っているのに、成城の連中ときたら何を考えているんだ。さっさと産ませるべきだよ」「これじゃあ、女房帰ってくるの、いつになるのか。参ったなあ」「オレはいつも損をするようになっているんだから……」

私への手紙を止めたとたんに、田舎の母親に当たり始めたらしい。予定日という大きな目標がいたずらに過ぎた後、マサオの精神のバランスが崩れたのであろうことは、いまなら容易に想像がつくが、当時の私には皆目見当がつかず、ただただ悲しかった。もともとマサオは他人を待たせることは平気でも、待たされることは人並み以上に耐えられないたちだった。しかし、出産という厳粛な生理は本人も周囲もどうしようもないことなのだから、人を待たせて謝る話とは筋が違う。それに、子どもを産む本人にしてみれば、待つ夫以上に不安と苦痛にさいなまれている。私の方では夫の優しい励ましの電話や手紙を必死になって待っているというのに、むしろ彼は無言でイライラを伝えてくる。予定日という、わけのわからない幻のような期日が、明らかに夫婦の間に溝を生じさせていた。

待望の出産を迎える

病院の窓から、見事な桜が満開を告げている。ベッドの傍らに置いたトランジスタラジオは、日航機「よど」号のハイジャック事件の緊迫した模様を盛んに報じている。昭和四五年四月五日の朝、ヒロオはこの世に生を得た。ちょうどそのとき、よど号は山村政務次官が乗客の身代わりとなって北朝鮮まで飛ぶことで話がつき、乗客は全員無事解放された。緊張感みなぎりながらも明るい日曜日の午前であった。私の母はこの初孫の誕生にひどく緊張し興奮していた。真っ先に私に向かって「男の子よ、まあ、マサオさんにそっくりよ！」と言った。それを聞いて私は、やはりほっとした。夫の子に決まっているし、子は父に似るものだし、ごく当たり前のことであるのに、やはり「マサオさんに似ている」と言われて素直に嬉しかった。そして母に、赴任先でわが子の誕生を今日か明日かと待っているであろうマサオに、一刻も早く電話してくれるようにと頼んだ。母は大張り切りで、親戚やら友人やらに宛てて次々と連絡をしてくれた。

どのくらい眠ったろうか。分娩後三、四時間ほどして私は目が覚めた。看護師さんがいて「もう少ししたら、赤ちゃんをお連れしますからね」と笑顔で言った。ちょっと照れくさい感じがした。「こんにちは、赤ちゃん」と言うべきだろうか。「初めまして、私がママよ」とやっぱり挨拶すべきかもしれないな。こんなことを考えてうつらうつらしていたら、父母と妹の三人がそろってやってきた。

「やあ、やあ、おめでとう」と父。「男の子ですって？　これはこれはお手柄でした」と妹。妹は私を茶化しにきたのだ。この十年ほど前、皇太子ご夫妻に浩宮様が誕生なさったとき、妹は「旧家に嫁いだ嫁は最初に男の子を産むと、婚家の誰に対しても大きな顔ができるようになるから、まずはお手柄と言われるそうよ」と旧い伝統になかば呆れながら言っていた。私は夫の家のために子どもを産んだつもりはないが、確かに微妙な力関係があることは事実だ。婚家と嫁の間には、目に見えないものが確かにある。しかも、夫の妹と弟には既に男の子ができている。長兄の家に子がいないのは困るし、いても男の子でなければ……というような話が聞こえてきたのも事実だった。こんな雰囲気の中で、この赤ん坊は、望まれて、期待されて、生まれるべくして生まれてきた男の子だった。

間もなく看護師に抱かれて入ってきた赤ん坊は、頭が細長く尖っていて、顔はまだしわくちゃの、ちょっと情けないほど目をしっかりつむった何ともいえない赤ん坊だった。包まれた毛布から両手をちょこんと出している。指をきちんと揃えて、親指はちょっと外へそらせて自分の頬へ当てるようにしている。眠っているのにその手が小さな生き物の意志を表わしているようで、いじらしくて目が離せない。

「まあ! 可愛らしい手。もうちゃんと爪まで生えているのね」と、母と妹が明るい声を上げている。私はその小さな手が赤ん坊の存在をいかにも明確に主張していることに、不思議なほど感動していた。

ベテランの看護師から、頭のとんがりは生まれて間もないからで、二四時間もすれば平らに丸くなるとの説明があった。「この頭はこの世に出てきたばかりの、生まれたての卵のようなものなのね」と私は言い、みんなで笑いあった。新生児を語るとき〝五体満足〟という言葉が使われるが、五体満足な子を授かったことに、言いようのない深い感動を感じていた。

このとき以来、私は当たり前のことや平凡なことが自分にも与えられたことに、ひどく感動するようになっていた。女が子どもを産むこと、その子がまずは五体満足であること、こういう普通のことがとてもありがたく感じられた。それまでの私は、普通ではつまらない、平凡と言われたくはない、なんとか人並み以上でありたい、と願って努力もして頑張ってきたのだが、そうしたことは全然意味のないこと、大して重要ではないことに気づかされたのだった。ごく平凡な女の幸せを心からしみじみと味わい、深い感動の涙を流すようになった。

赤ん坊が生まれたと知らせても、父親のマサオは直ちに飛んでは来なかった。なぜすぐに来てくれないのか、ただでさえ嫌いな飛行機が赤軍派に乗っ取られるという事件があったため、恐怖感を強くしたからだろうか。それもあり得ないことではない。しかし、彼は何よりも仕事第一主義の男だった。「僕には大事な仕事がある。子どもが生まれたくらいのことで、国家の仕事をいっときたりとも怠ってはならない。僕が一日休めばどのくらい国の仕事が滞るか、分からないのか！」。結局、マサオが生まれた子を見に来るのは翌週の日曜日となった。

それまでの一週間、新米の母親は忙しかった。生まれて初めて赤ん坊に乳をふくませたり、オムツ替えをこわごわやってみたり、と何から何まで初めてのことだった。小さ目だった私の乳房は不思議なほど張って大きくなり、触れると飛び上がるほど痛かった。助産師だったというベテラン看護師は「まあ、これはよく出るおっぱいよ！　マッサージのしかたを教えますから、しっかりもんで赤ちゃんにたっぷり飲ませてあげてね」と言う。その〝乳もみ〟とは目から火花が出るほど痛い。痛いけれど、あの小さな赤ん坊のためなのだからと、耐えながら必死でもんだ。「お産は痛い」と経験した女性たちは言うが、身を裂かれるほどの痛みは分娩の瞬間ばかりではない。産褥期の不調も授乳も、痛みに変わりはない。

出産は女の体力も奪う。これが自分の身体かと信じられないほど疲れやすくなっていて、わずか三千グラムで生まれたわが子を抱き上げるのにさえふらついて、頼りなかった。身体は疲れていたが、心は幸福感で満ち満ちていた。月並みな言葉のように聞こえても、「生命の神秘」を感じずにはいられなかった。目に見えない糸のようなものに導かれて、一つの新しい生命が私の胎内に授けられ、この世に誕生したと思った。「私も母になったのだ」という感動は、二五歳のその日まで味わったことのない震えるようなものだった。

「産後八時間経ったらベッドから起きて、一人でトイレに行きなさい、と看護師は言った。そんなことができるだろうか、と思ったが、こわごわ身体を起こして二本の足を床につけてみる。あっ、立てる！　あっ、歩ける！　体をかがめて壁に手をついて一歩一歩と進んでみる。母になって初めて踏みしめる病室の床は、まるで新しい大地のようだ。何といままでと違って感じられることだろう。きのうと同じ病室の床なのに、足の裏に伝わるこの感触はどうだろう。そう、これはあのときの感触だ。この子がおなかに宿ったころ、テレビで観たアポロ一一号の月面着陸。『人類、初めて月に立つ』と叫んだ宇宙飛行士の感激。それと私のこの体験はそっくり！」（四月六日の日記から）

「私は独りで感激ばかりしています。

自分よりどれだけ大きな力がこの宇宙にあるのかを、いま思い知りました。
わが子よ、あなたはこの母が生もうとして生んだのではありません。宇宙の目に見えない力が、あなたをこの世に送ってきました。あなたは月の世界からやってきて、この母のお腹をくぐり抜けて地球に到達したのです。
ねえ私の赤ちゃん、あなたは宇宙からの贈り物。これ以上の贈り物はありません。私が今までこれこそが自分の生命、生きがいとして大切にしてきたもの――学問のよろこび、大学院での研究、フランス留学――こうしたすべてはわが子の誕生の前にはたちまち色あせて、遠のいていくのを覚えます。私はただの母親で十分だと思うのです」（四月七日の日記から）
「初めてのもの、みないとおし。子の誕生、子の入学、子の卒業。初めての体験、みないとおし」（四月八日の日記から）
感激屋の私はいつもいつも初めての体験に心を震わせ、そのたびごとに人生の不可思議を愛でてきた。初恋、初めてのキス、初めてのプロポーズ、結婚。しかし、そのどの体験よりもわが子の誕生は私を驚愕させた。
小さな生き物が私の腕の中にあって、すうすうと寝息を立てている。運命をすべて母に預けている。何と言うことか。なんと不思議な。これまで他人の赤ん坊を抱くと可愛いと感じた。しかし、このように感動に打ち震える経験など、一度もなかった。

父と子の初対面

産後のふらつく足で、そろりそろりと産院の廊下を歩き、公衆電話から遠方の夫に電話を入れた。テレホンカードなどない時代で、手元にある限りの十円玉を握りしめ、私は出産の報告を夫にした。夫がそのとき、どんな反応をしたのか、はっきりした記憶がない。ただ、やたらめったら「男の子だ！　どうだ！　男の子だ！　そうこなくっちゃいかん！」と大声で得意がっていたことを記憶している。あとはもう、例によって自分の仕事の話ばかりで、十円玉はたちまち電話機に飲み込まれていった。

一週間後の土曜の夜遅く、マサオはわが子を見に上京した。まだ入院していた私は、久しぶりに夫に会えると思うと朝からウキウキと気持ちがわきたった。赤ん坊が夫の望みどおりの男の子であったこと、そして五体満足な子であることをまず報告したかった。この一週間、日一日とその赤子が人間らしくなっていき、可愛くてたまらないことを語りたかった。それから、自分が出産までどんなに不安な思いをしたか、そして無事生まれてからは、どんなに嬉しく胸膨らむ思いで毎日を過ごしてきたかも話したかった。女にとって人生でおそらく一番大きな変化——初めて母になるという変化を経験したこの二ヵ月間のことを、夫に一番わかってほしい、この感激を夫とともにわかちあいたい、私は心からそう思った。

しかし、待ちに待って夜半遅くやってきたマサオは、私の思い描いていた姿とは明らかに違っていた。二ヵ月ほど前に別れたときより髪は伸び全体にしなびて、猫背をさらにぐにゃりと丸め、いかにも「ひどく疲れた」という風情で病室に現われたのである。開口一番、「うーん、もう参ったよ。大変も大変。昨日、緊急逮捕があって、当直の代わりに僕が役所に出たでしょ。そしたら前々日、新聞に出てたあの強盗未遂事件ね。えっ、知らないの？　お前さんはのんきだよ。こっちゃもう、あの事件に振り回されてフラフラだっていうのに。まあ、とにかく、あれ、準抗告が出ちゃってね、気ぃつかったよお。それから前に話した嬰児殺しの件も、判決言い渡しが昨日だったでしょ。だから直前まで悩み抜いて、毎朝五時まで机に向かってたんだぞ。部長はみんな僕に書かせて、右陪席の島田さんにはやらせないのね。僕の仕事じゃないと心配だって言うの。任官二年目でこれだけ仕事ができるのは、全国どこ探したって僕ぐらいだよ！」

私はその間、「そお……ええ……それはホントに大変ね」とおとなしく相槌を打つ。目を彼の方に向けて、ともかく「本当に大変なこと、あなただからできるのよ」というふうにしていないといけない。そうでないと、どんな恐ろしいことになるかわからない。

私は、彼の話がやっと一段落ついたころを見はからって「ね、赤ちゃん見に行かない？」と恐る恐るたずねる。「……ああ、さっき廊下から、ガラス戸越しに見たよ」

「えっ、新生児室の中に並べてねかされているとこ見たの？　で、どの子か分かったの？　どうだった？」

「どうって、まだサル同然じゃないか、捨吉は……」

「……」

これが私の悲劇の第一幕の始まりだった。「男の子を産んでくれてありがとう。ルミ、よく頑張ったね。辛かっただろう？　ボクはほんとうに嬉しいよ」と、二ヵ月ぶりに会う夫の言葉はきっとこう始まる、と勝手に思い込んでいた。考えてみれば、この一週間、待ちに待った父子対面の場面を、私は頭の中で思い描いて楽しんでいた。夫は二人の最初の宝物を何といって喜ぶだろうと、そればかりを想像していた。しかし、現実に現われた夫は赤ん坊に興味を示すどころか、やせこけて目ばかりが異様な光を放ち、精神的苛立ちも極限に達しているようだった。夫に対するこの失望は、産後の弱りきった身体に相当こたえた。

翌日は退院。退院のための手続き、院長や看護師へのお礼の挨拶、荷物運び、と夫のなすべき仕事は山ほどある。母はこれらの手順をてきぱきと夫に指示し、どこで何をどうすれば早くすませられるか、早い口調で説明した。そして「お祝いね」というと、お金の入った白い封筒をそっと渡した。これで病院の支払いや赤ちゃんのものはひと通りしなさいとの配慮だった。母の気性からすれば、遠くからやってきた〝婿殿〟は大切な客人、疲れてもいるだろうし、できることはこちらでやって、夫の負担は最小限にとどめてやろう。しかし夫として父親になった者としての役割りは、しっかり果たさせてやろう、という心配りだった。が、マサオにはそれが伝わらなかった。このときばかりではない。母の好意をマサオは素直に喜んでくれたためしがない。いつの場合も、その場その場では笑顔を見せて「分かりました」「どうも」などと、そつなく受け答えをする。しかし、彼のお腹のなかでは怒りや軽蔑が渦を巻いていて、「よくもこのオレに、この天下の裁判官にお前ごときが指図してくれたな。クソババアめが！」と、後になって爆発するのだった。

お七夜の手酌事件

お七夜は子どもが生まれて七日目に、家族や親類縁者が集まって祝いの膳を囲み、産婦の労をねぎらい、赤子の成長を祈る古来からのならわしだ。その晩は、上京したマサオとともに、一家揃ってのお七夜ということになった。

祝膳はどれも母の手作りで、赤飯と鯛のお頭つきに煮物や吸い物が用意された。日曜日とあって、父も妹も家にいた。私にとって父方と母方の二人の祖母たちと、私たち親子三人が加わって大賑わいだ。まだ体力がすっかり回復していない私は、生後七日の赤子を抱き、フラフラしながら実家の玄関をくぐる。夫はといえば、初めての子どもが生まれたというのに、なぜか表情はさえず、仏頂面《ぶっちょうづら》をしたまま入り口にたたずんでいた。母は心臓が激しく鼓動するのを抑え、気をしずめるのがやっとだった、と言う。こんなにおめでたいときに何という怖い顔をするのか。元来が気むずかしい男とはいえ、さんざん世話になっている女房の親に対して、なんという無礼な態度をとるのか。しかし、表面上は気持ちを抑えてこう言った。

「まあまあ、このたびはおめでとうございます。賢そうな元気な男の子さんで、お国のご両親様もどんなにかお喜びでしょうね」

母は夫に優しく祝いの言葉をかけるが、彼の目は笑わない。「お母さん、ありがとう。お世話になりました」という一言を、母はどんなに待っていたか……。しかし、そんな言葉を発する気配すら見せなかった。

食事の間は、いつもにぎやかな父が次々と冗談を言って皆を笑わせ、夫の機嫌も少し回復したかにみえた。酒をつぎあって、初めての男の子の誕生を祝い、「初孫だ」「初曾孫だ」と家中が大騒ぎをしていた。そんな声に目がさめたのか、一つおいて隣りの部屋に寝かされていた赤ん坊が「ウエーン」と大声で泣き出した。

「あっ、お乳の時間だわ。私、赤ちゃんにお乳やってくるから、あなた手酌でやってね」

私は夫にそういうと、食事を中断して、赤ん坊のいる部屋に向かった。

赤ん坊に乳をふくませている間、マサオはご機嫌で家族とにぎやかに祝いの膳を囲んでいるようだった。にぎやかな笑い声が聞こえる。

授乳はなかなか終わる気配をみせなかった。飲ませるほうも新米なら、飲もうとしている赤子も新米だ。思うように乳を吸ってくれない。ほら、坊や、しっかり飲んでちょうだいね、と頬をつつくと思い出したように吸い始める。私も疲れて、うつらうつらしてくる。食事もまだほんのひと箸しかつけておらず空腹だった。どっと疲労感が襲ってくる。

「あら、二人とも眠いんじゃない？　もうおやすみなさい。退院したばかりで疲れているんですもの」様子を見に来た母のひと声で、私は身体を横たえた。

ウトウトしてどのくらいたっただろうか。

「おい、寝るぞ」というマサオの不機嫌な声で、私は飛び起きた。見ると、下唇を突き出し、酔っ払いのうつろな目で、頭をややかしげ、私たちを見下ろしていた。

「ああ、ごめんなさい。私身体が綿みたいに疲れていて、起きられなくなっちゃったもんだから。さ、おやすみになって」半身を起こして、夫に隣りに寝るように勧める。

「オレだって、昨夜までずっと徹夜で判決書いてたんだから、フラフラよ」

どうも、彼の不機嫌さは普通ではなさそうだ。

「せっかくこっちまできてやったのに、さっきお前さん、なんて言ったね？」

さっき？　意味がわからない。

「オレに向かって『手酌でやってね』は、ないだろう」

「……」

「あれで、すっかり興ざめしちゃったじゃないか。せっかくお母さんが一所懸命、料理を並べてくれたけど、お前さんのあの一言ですべておしまいよ。よっぽど席を立って、街の飲み屋かバーにでも出ていこうかって思ってたんだぞ。女房がいるのに手酌で酒飲む亭主が、どこにいるっ！」

口答えだけはすまい。それをすれば、ゲンコツが飛んでくる。

「少しは反省しろ！　オレ、本当に疲れているんだよ。オレの仕事は、誰にも代わってもらえない難しい仕事なんだ」マサオは私の心境などお構いなしにしゃべり続けた。「オレでなかったら、あの被告人の気持ちを汲んでやれる裁判官は、全国どこを探したっていないんだよ。だからこの二ヵ月間、ずっとこの強盗殺人事件にかかりっきりだったんだぞ。ほかにも嬰児殺しだの、強姦未遂もあった。北大生の凶器準備集合だの、公安事件だって難しい、難しい。もう、ホントにオレがどんなに国の仕事に神経使っているか、もっと理解してくれなきゃ」

少しウトウトしかけたと思うと、また「手酌しろはないだろうが」と、からんでくる。

ウエーン。険悪な空気を察したのか、突然、赤子が大声で泣き出した。「ああ、よしよし。おしめかな」。立ち上がる私。夫はふうっと大きなため息をついて、くるりと身体の向きをかえると、ふとんを頭まですっぽりかぶった。「よしよし、よしよし」私は赤子を抱いて何とか寝かしつけようとするが、焦れば焦るほど「ギャアギャア、ギャアギャア」と叫び続ける。

「ああ、もう、うるさい！　やめろ！」

マサオはガバッと起き、いかにもこの世の終わりという目つきで私と赤ん坊をにらみつけた。

「あら、赤ちゃんの寝巻き、背中まで濡れてるわ。おしめが濡れたのかしら、着替えさせるから、抱っこしてやってくださいません？」

このとき初めて、マサオに父親としての役目を頼んだのだ。びっくりしたのか、夫は一瞬ためらい、赤子の小さな身体を仕方なさそうに黙ってあぐらをかいた足の間に受け取った。夫婦二人で濡れた寝巻きを脱がせる。

「お、こんな小さな身体か。肩なんてないんだね。頭ばかりなんだ」

夫は初めて見るわが子の裸に、かすかに驚きの声をあげたが、なおも父親のひざの上で泣きわめきつづける赤子に、「おい、捨吉、いい加減にしろ。疲れた親父を眠らせない子は悪い子だ」と説教をし始めた。おしめも寝巻きも替えてもらった赤ん坊はようやく安心したのか、母親の腕のなかで眠り始めた。夫はさもあきれた様子で、ごろんと横になると、

「あーあ、まいったなあ。これから官舎に帰ったら毎日こんな調子かよ。しばらく成城に残ったら。これじゃ、オレ仕事できないじゃないか。お前たちに殺されちまうや」と信じられないことを言う。

「私たち今日、初めて親子三人そろったのよ。今日退院したばかりなのよ。あなたとは二ヵ月ぶりに会えたのに、あなたうれしくないの？」

私の目から涙があふれる。

「赤ん坊が泣き止んだら今度はおまえか。もういいかげんで寝かせてくれ、お願いだから」

どうしたんだろう、この夫は。あんなに子どもの誕生を楽しみだ、楽しみだと言って、男の子だぞ、男の子じゃないといやだなんて無理言って私を困らせて。それが、念願通りかなったとたんに、どうしちゃったのよ！　どうして、この子をかわいがらないの？　どうして私に、やっと逢えたねって喜んでくれないの？　なぜ、早く親子三人一緒に暮らそうねって、言ってくれないの？　ねえ、なぜなの？

言葉にならない言葉が頭の中をかけめぐり、私は一睡もできなかった。

前夜までマサオから捨吉と呼ばれていた子どもは「ヒロオ」と名づけられ、父親によって区役所に出生届が出された。田舎から義母と妹が上京し、義父からの命名を伝えたのである。その日の午後、桜吹雪が舞うなか、ヒロオを抱いて門まで見送りに出た私に、マサオはこういった。

「夏休みか九月の判事補研修で僕が上京するときまで、こっち（東京）にいなさい」

夫は不機嫌そうな顔のまま、くるりと背を向けると、無言で立ち去った。このとき、マサオの頭のなかには先輩裁判官の言葉が響いていた。「もう子どもが生まれるのか？　女房をもらうのはともかく、赤ん坊はもっとあとでもいいんじゃないのかい？」——まったくだ、先輩の言うとおりだ。赤ん坊は初めの二、三ヵ月は夜泣きばかりして、どうしようもない。家では仕事にならななくなるって、言っていたなあ。さんざんだよ。裁判官は任官三年目で一生のコースがほぼ決まる、なんて言われている。母子が官舎に帰ってくると、オレは判決書きに集中できなくなって、どうするんだ。ちくしょうめ！　結婚を焦りすぎたな。親父の言ったとおりだ。赤ん坊はもう少しあとでよかったんだ……。

私は眠ったままのヒロオを抱き、心細い思いで夫を見送った。

「ミルク代、ください」

およそお金に対する価値観ほど、生まれ育った家の環境に左右されるものはないかもしれない。私は旧士族の家の父母の間に生まれ、お金のことなど口にすべきではないというしつけを受けていたようだ。女は与えられた境遇で正直につつましやかに暮らせば、「お金、お金」といわなくとも幸せにすごせるものなのだと、知らず知らずのうちに思い込んでいたように思う。

この点は夫の家にも共通するものがあり、お金の話をするのをひどく嫌った。マサオの実家は甲信越地方の素封家で、義父は学者だったので、やはり商人的な金銭感覚を持ち合わせていなかったのだろう。

それにしても、現実の結婚というのは何より経済を営むことだ。「金のことを口にするのは品が悪い」などとは言っていられない。当時（昭和四三年頃）の裁判官の給料は、一般の国家公務員より少しだけ高いものの、初任給で三万円あるかないか。手取りにすると、二万数千円のときもあった。子どもが生まれた年は、任官して三年目に入ったときで、名目賃金は五万円に達していたと思う。「思う」というのは、出産のため別居した昭和四五（一九七〇）年二月から後は、夫の給料袋をみることはなかったからである。

夫は、子どもが生まれるとお金がかかるという観念をまったく持ち合わせていなかった。出産費用としていくらぐらい用意すべきか、赤ん坊の寝具や着物、ミルク代などにお金がかかるという発想そのものがないらしい。すでに生後一ヵ月がたち、三日でミルク一缶をあけるほどになったと手紙で知らせても、いっこうにわが子のミルク代を送ってくる気配はなかった。

これ以前にもお金の話になると、マサオはにわかに不機嫌になって手がつけられなくなった。「裁判官は金のために働いているんじゃない！　金がほしいなら弁護士になって、いくらでも稼いでやる」「いい判決を書くのに、どれだけ神経をすり減らしているか、まだわからないのか」「金なんてなくたって、生きていけるんだ」と怒鳴る。夫とは家計の話がまともにできたためしがなかった。

「また、金の話でオレをイライラさせる気か！」と殴られるか、「オレのお袋はね、親父がまだ若くて稼げない間、黙って、嫁にくるときもってきた隠し預金で、オレたち子ども四人の生活を支えてきたんだってさ。女房は黙って亭主に金の心配をさせないようにするものだって、お袋はそう言ってたよ」と、母親の自慢話を聞かされるかのどちらかだった。

では、金に無関心で身なりもかまわないのかといえば、大違いだ。夫のおしゃれ好きは有名で、自分でも「高いものしか身につけない」と言ってはばからない。見栄っ張りは自他ともに認めるところで、衣服代と交際費にはお金を惜しまなかった。また、インテリの象徴として高い法律書にも出費を惜しまなかった。そんな生活が給料の範囲内でできるわけがない。あとで知ったのだが、義母は現金書留で毎月二万円、三万円と、マサオあてに、私に内緒で役所にこっそり仕送りしつづけていたという。金のことは、双方の親が何とでもしてくれるという気持ちが、夫の頭にしっかり刷り込まれていたとしか思えない。

夫が任地に帰ったその夜も、次の夜も電話はなかった。「無事着いた。お世話になりました。子どもを頼みます」くらいのことを、私にでも両親にでも電話してくるのが常識ではないのか。裁判官は特別の人種だから、そんな一般人の常識は不要だ、無事を伝える電話など必要ないとでも言いたのか。ようやく三日目の四月一五日の夜、電話のベルがけたたましく鳴った。いやな予感がした。母が「もしもし」と言い終わるか終わらないうちに、「ルミを出しなさい！」と怒鳴る声が飛び込んできた。それはまさに有無を言わせない、ヤクザの乗り込み同然の電話であった。私はおっぱいに吸い付いている赤ん坊を離し、もたもたしながら電話口に出る。

「お前なあ、いったいどういうつもりだ！　この間の成城の態度はなんだ！　退院の手伝いはさせる、支払いの窓口には行かせる、医者には礼の電話をかけろだと。おまえ、前になんて言った？　成城ではなんでもしてくれるわ、そう言ってたはずだぞ！　それをあのクソババアときたら。もうオレは絶対、成城の連中とはつきあわんからな！　わかったかっ！」

ガシャン。一言もさしはさむ間もなく、電話は切られた。あまりの剣幕、夫とは思えないような非常識ぶりに、しばらく呆然となってその場に立ちすくんだ。冷水を浴びせられたような震えが、身体じゅうに走った。このショックがどんなに大きいものであったかを物語るように、その日を境に、母乳がぱったり止まってしまった。生後十日目にして、わが子は人工栄養に頼らざるをえなくなったのである。

私の神経は、赤ん坊と実母と夫の三つのトライアングルのなかで破裂寸前だった。夫は遠く離れている上に、こともあろうに正気とは思えない長距離電話をかけてきて、まず母を怒鳴りつけ、私の実家を誹謗《ひぼう》し、自己中心的な文句を言い募る。夫への絶望感にさいなまれていくなか、世話になっている実家の母を人一倍心配させていることへのすまなさ、申し訳なさに身が縮む思いだった。結婚した女性はだれでも、実家と配偶者との間で板ばさみになり苦しむものだが、私の場合、気性の激しい夫と気丈な母との間にはさまれて、大げさなようだが生きた心地がしなかった。体重は減り続け、頬がげっそり落ちた。

母も機嫌が悪く、マサオのことを知れば知るほど暗く悩んだ。正面きって悪口を言えたらまだ気が楽になっていただろうが、孫は日に日にかわいさを増してくる。「お前のパパは困ったものね」と口に出かかっては、それをこらえている様子だった。母の苦しみを目の当たりにして、私はいよいよ夫と真正面から向き合わなければだめだと決心した。思い切って手紙を書いた。

……その後、お元気でしょうか。ヒロは日に日にはっきりしてきて機嫌もよく、ミルクも四時間置きにたっぷり飲み、よく寝て申し分ありません。成城の皆から、かわいい、かわいいと大切にされ、王子様さながらにこちらの中心人物になってしまいました。

しかし、先日、貴男がとんでもない電話をよこしなさって以来、母との間のしこりは消えません。父は何も申しませんが、母の気持ちは父の気持ちでもあり、貴男からもう付き合わないなどと怒鳴り込まれてまで、私や孫の面倒をみるのはごめんだと申しているようです。

貴男はお仕事で頭がいっぱいで、またお前は俺をイラつかせるのか、とお怒りになるとは思いますが、やはり、実家の手前、せめて子どものミルク代だけでも渡しておいていただきたかったと、今、切実に思います。男の子はやはりよくミルクを飲むようで、五百円の缶は三日半でからになります。今日もまとめて三缶買ってもらいましたが、パパがミルク代も渡してくれないなど、親戚には言えないわよ、といわれてしまい、とても辛い思いをしています。貴男があんなに母を怒鳴ったりしなければ……お世話になりますってきちんと挨拶してくれていれば、こんな些細な問題はおきなかったはずですが……とにかくよろしくお願いします。

五月六日

ルミ

マサオさま

手紙を読んだのだろう、五月九日の夜、けたたましく電話が鳴った。「貴様、俺をなんだと思ってる！　もう貴様なんか帰ってくるな！　絶対に迎えになんかいかないからな！　馬鹿野郎！」ガシャ。唖然とする私。しかし、すぐまた鳴って「いいか、貴様もう電話よこすな。用があればこっちから電話する、わかったな！」ガシャ。

今なら〝切れた〟という一言で表現するところか。ミルク代を請求したことで完全にマサオの堪忍袋の緒が切れてしまったのである。以後、電話も手紙も途絶えた。

北の官舎へ帰る

木々が芽吹き、新緑が日一日と濃さを増し、それと呼応するようにヒロの成長は一日一日、目覚ましいものがあった。昨日見せた幼い表情も、今日にはしっかりとその意思を伝えるように変わり、明日にはどんな変化を見せるのかと若い母親を歓喜させてくれた。

「ね、あなた、ヒロったらね」と私は心の中で夫に語りかける。

「お利口さんなのよ。いいものあげよって話しかけるでしょ。すると、ヒロはホントホントって顔してママのほうに頭近づけてきたりして……まだ生後一ヵ月なのにすごく表情のある子よ。しっかりしてる」

こんな手放しの親バカを共有しあえるのは母親と父親しかいない。そんな当たり前のことを、私は心から願っていた。私は祈るような気持ちで手紙を投函した。

マーたん、こんばんは。今五月一六日夜一一時過ぎです。

いよいよ明朝、問題の事件の判決言い渡しなのですか。どんな決定をなさったのかしら？　明日はミルクを飲ませながらでも、おむつを替えながらでも、テレビの前にかじりついていようと、今から覚悟しています。（子どもに振り回されて、この一ヵ月半、テレビなどほとんど満足にみていないものですから……）

お仕事はまったく忙しげなご様子。それに単身生活もすっかり長くなって、さぞかし参っておられることと胸を痛めています。くれぐれも身体だけは大事になさって、誠心誠意お仕事に専心なさってください。私たちが戻るまで、あとほんの一息ですから……。

ヒロも昨日で生後四〇日となり、体重も四一五〇グラムになり、丸々二重あごで（誰に似たのか？）、ほっぺは落ちそう……、皆からデブオちゃんなどと言われる始末で、健康に順調に成長しました。毎回たくさんたくさんのミルクを飲み、（一四〇cc飲めばよいところ一八〇〜二〇〇ccも飲みます）こんこんとよく眠りキョトキョトと一人遊びを長いこととして、実に良い子です。

ただ少し生意気で、普通なら三ヵ月児のすることを全部、既にしています。涙も汗も出しますし、音も聞こえて子守唄を聞くと安心しておとなしくなりますし、笑いかけると答えるように笑いますし、指しゃぶりをしたり、哺乳瓶を自分の手で引き寄せたり、いらなくなれば押し返したり、人の顔を必死に覚えようと見つめますし、一寸おそろしいほどの進みようです。このままの調子で育ってくれたらどんなにか……と思ってしまうほどです。本当に一日も早くこの成長ぶりをパパに見ていただきたい気持ちです。

お願いです。ご機嫌を直して、迎えにきてください。もう十日もすれば、私ももう少し体力がつくと思います。産後一ヵ月を過ぎ、どうやら健康を取り戻しつつあります。長かった妊娠期間、産褥期を振り返り、身体の自由がきくとはこんなにもうれしいものかとしみじみ味わっている昨日今日です。何か、一年ぶりで牢屋から出されでもしたような開放感をおぼえます。疲れやすさもずいぶんと楽になりました。ウエストもすっかり元通りになってどんなスカートでもはけるようになった喜びは格別、実に女ならではの喜びをかみしめています。

ヒロも、もう飛行機に乗せてもだいたい大丈夫と産科の先生から言われました。早く三人の生活を始めましょうよ。

私はあなたの側に戻りたくてたまりません。迎えの飛行機、決めて下さい。手続きしますので……。

五月一六日　　ルミ

マサオさま

書いたものの、それでも「オレは迎えにいかんぞ。判事補研修のある九月まで成城にいろと言ったろうが！」と怒鳴られたらどうしよう。私は怖かった。なぜこんなに夫を恐れなくてはならないのか。我ながら悲しかった。

しばらくして、ぶっきらぼうな電話が入った。

「二六日の土曜、役所が四時過ぎに終わるから迎えに行く。二七日の朝、帰れるように用意しておけ」

五月も最後の土曜日の夜近く、ぼそっとした、生気のないうつろな目に不機嫌さを隠そうともせず、夫は成城の家にやってきた。笑顔も見せない夫に連れられて、私と生後五〇日のヒロは羽田を後にした。

「子どもを泣かすな！」

官舎に帰ったまさにその日から、子どもをめぐって嵐が次々に起こった。お風呂に入る時間、湯の温度などを「成城では、ヒロちゃん本位にしてもらっていたんだから、ここでもそうして」と私がいえば、すぐさま戦争になる。「ここはオレの家だぞ。オレのやることに口を出すな」と怒り、家を出てしまう。どこへ行くのか、三〇分から二、三時間は帰ってこない。仲の良いときは「小さいながらも楽しい我が家」であったが、ひとたび仲がしっくりいかなくなった夫婦には、狭い官舎はもう地獄である。けんかでもしようものなら、どちらか一方が外に出ないと、空気がもたない。

相変わらず判決書きや記録の読み込みなど仕事は家でするので、マサオが家にいる間は、赤ん坊が泣かないよう、私は細心の注意を払わざるを得なかった。それでもマサオは、たとえテレビで野球を観ている間も「泣かせるな!」と怒鳴る。気分しだいでは赤ん坊をかわいがってみたかと思うと、突然放り出したりした。

「オレほどの頭があり、仕事ができる男は日本中にいないんだから、お前はオレが仕事しやすいような最高の環境をつくらなきゃいかんのよ。赤ん坊が機嫌悪くて泣きやまんなら、外に連れ出して子守りするとか、それがお前さんの役目でしょうが! 裁判官の奥さんてえのは、普通の奥さんじゃいかんのよ。ご主人が判決書きに忙しい間は、書き終えるまで何時間でも官舎のまわりを赤ん坊背負ってぐるぐる回り続けるのが普通なんだぜ……」

この言葉は妊娠中からさんざん聞かされていた話で、子どもと官舎に帰ってから聞かされたのではない。いや、帰宅後は、二人の間に会話がなくなっていた。夫はひたすら、明け方近くまで判決書きに集中し、私は必死に子育てに打ち込む日々だった。

殿様は子ども、またも家庭内暴力

札幌の官舎に戻った私は赤ん坊の世話に追われ、終日休む暇のないありさまだった。何であれ馴れない仕事はてこずるものだが、相手が命あるもの、しかも生まれたてのわが子となると、もうお手上げである。産後の疲れがすっかり取れないうちに、実家から遠く離れた人手もないところで育児を完璧にしなければと思うと、身も心もボロボロになりそうだった。普通なら、こういうときには夫の協力があるはずだ。初めてのわが子に興味津々、帰宅も早くなり、おしめはどうやって替えるの、ミルクはどうやってつくるの、僕にも抱かせてくれよ、さあ、パパが抱っこだよ、などと競うように赤ん坊に触れて、手助けになるどころか一緒に育児に夢中になるはずなのに……。それなのに、我が家の裁判官ドノの頭の中の回路には「育児にパパが参加する」という項目は、まったく存在しないのだった。

要するに、マサオという男は「殿様」なのだ。殿という人種は、他人から指図されたり命令されることが気に入らない。その命令や指図が適切かどうかなど問題外で、すぐにイライラが始まる。こめかみには青筋が立つ。一応はぐっと我慢をしようとするが、それが胃にくる。それが重なるとカッとなって手が出る。ときに足も出る。彼は体育会系ではないが、運動神経は悪くなくキック力は強く、人を足蹴にするのに最適な蹴り上げぶりだ。

殿にはいつも爺やや婆や、腰元がかしずいていないといけない。たとえ赤ん坊が生まれようが、病人が出て人手が足りなかろうが、殿は「酌など自分でするものか」と信じている。かしずいてくれる人間が女房しかいないような家庭では、女房は殿にかかりきりになる。しかしひとたび子どもが生まれると、その女房を取られてしまう。そうなるともう自分の存在が否定されたも同然、と思いこむ。面白くないから女房にからむ。うるさく思う女房は、いっそう赤ん坊の世話にかかずらわる振りをする。もっと面白くない。そこで思いきり女房をぶん殴る。手当たり次第にモノを投げる。

「危ないでしょ！　赤ちゃんに当たったらどうするのよ！」と金切り声を上げる女房。まるで地獄絵のような家庭内暴力事件だが、テレビのワン・シーンではない。これが私たちの家庭だった。

当時まだ「家庭内暴力」という言葉は使われていなかった。夫からの暴力は「ワイフ・ビーティング」という言葉で表現され、「佐藤栄作首相が妻を殴ったことがあると語った」というので、訪米を前に外国メディアが大騒ぎするという事件があった。しかし、記録を調べてみると、「大蔵官僚などいわゆる超エリートには、妻への暴力が激しい」という報告が出たのは昭和四七年頃のことだ。マサオの暴力事件から間もない時期だった。

〝エリートと妻への暴力〟は一見結びつきにくいが、エリートを「殿」と置きかえれば、かなり容易に想像がつく。秀才、エリート、優等生として下にも置かれず大切に大切に育てられ、受験戦争を勝ち抜いてきた彼らが、最初に挫折感を味わう所、それは職場ではなく家庭なのだ。彼らエリートにはマザコンが多い。「お袋ならオレにこんなことはさせない」「お袋はこうしてくれる、ああしてくれる」と、母への甘えとそれを裏付ける自信に包まれて育ってきた。その結果、自分を愛するはずの女房が、自分を認め励ますためだけにいるのではないことを知ると、絶望的な挫折感を覚えるのだ。夫婦二人きりの間はまだ蜜の時代だといえる。女房の方にも夫を「殿様」としてあがめるゆとりはある。私も結婚当初はそうだった。専業主婦であり、内助の功の意義を聞かされながら育った世代であったから、全力を挙げてマサオに尽くした。実家の母が父にしていたように、夫を「主人」としてたてまつり、殿に仕える昔風な嫁の役をごく自然に受け入れていた。当時としても珍しいような封建的な夫婦だったかもしれない。

「石垣さん、少しご主人を大事にし過ぎるのじゃないの?」と、近所の裁判官官舎の奥さまたちにからかわれたり、羨ましがられたことも何度かあった。封建的とも言える夫婦像に抵抗がなかったのは、二人の育ちがそうさせたのだということができる。もっと正直に言うなら、私がマサオに結構ベタ惚れだったこともその原因だったろう。しかしもうひとつ、マサオの気性、とくにその凶暴さを抜きにしては説明がつかないだろう。私としてはマサオのご機嫌を損ねないように気をつかい、痒いところに手を差し伸べ、一から十まで世話を焼き、「殿よ、殿よ」とあがめていないと、マサオの暴力を防ぐことは不可能だった。

しかし、子どもが生まれると情勢は一変する。まさしく「赤ちゃんは王様」で、殿の地位は赤ん坊にとって代わられる。そうでなければ、赤ん坊は育たないからだ。ミルクだ、ゲップだ、おむつだ、泣いたぞ、どうする、病気か、医者はどうする、言葉が通じない殿様に新米の母親は振りまわされることになる。こういうとき、夫は協力の手を差し伸べて助け船を出すべきなのだが、我が家はそうではなかった。マサオは相変わらず殿でいつづけ、あまつさえ子どもに対抗しようとした。「オレはどうなる、オレをどうしてくれる、これじゃあ寝るに寝られない。仕事にもならない。子どもなんか作ったばっかりに、とんでもないことになった。まったくこれじゃあお手上げだ。仕事に差し障る結婚なんて、ああ、オレはなんて不幸なんだ！」

生活費は一万三千円

我が子と札幌に帰ってきた翌朝、マサオはぶっきらぼうに一万三千円を私に渡して、「これでまかなっていろ」と言った。「これ、何日分になるの？」とは恐ろしくて聞けない。お金の話をしようものなら、目をむき出して殴りかかるか、不機嫌な顔をいっそう不機嫌にして、黙って酒を飲み始めるかのどちらかなのだから。

私はもともと「お金」「お金」とこだわって生きる性質の女ではない。若い公務員の限られた給料なのだから、夫婦で相談しながら家計を切り盛りしていきたいと思っていた。だが、こういう気持ちをマサオはまったく受けつけなかった。家族が一緒に生きるための生活費、という観念がまったく欠けていた。自分が自由に使える小遣いを減らしたくない、という気持ちが強かったのだろう。

とにかく見栄っ張りで、他人からよく見られたい気持ちが強かった。金遣いは荒く、交際費はどんどん出費していた。またインテリの証明でもあるかのように、書籍代は惜しまなかった。田舎の実家からも「本代」の名目で毎月二、三万円ほど、援助を受けていたのだった。学生時代ならともかく、給料のもらえた司法修習生の時代もずっと、そして何と結婚後も引き続き親の援助があったなんて――私は後に知って唖然とした。

こういう金銭感覚だから、「小遣いは生活費の三倍いる」と広言してはばからなかった。「生活費が足りないなら、嫁の実家がなんとかするものだ。それもオレに分からないようにこっそりやって当たり前」というのが言い分なのだろう。出産で別居していた間、彼は給料のすべてを自分の小遣いにあて、共済組合からの出産祝い金や親戚・上司・同僚などからの祝い金もすべて自分で抱え込み、私には一円たりとも渡さなかった。だから、妻と子が戻ってきたら生活費を渡さなくてはならず、それがいやでいやでたまらず、不機嫌にならずにはいられなかったのだろう。

デリケートな問題

出産後の夫婦生活がスムーズに開始されるかどうかも、かなりデリケートな問題である。妻が初産で、難産であったりした場合は、会陰裂傷《えいん》を避けるため、産婦人科医は切開することも多く、縫い合わせをすると、処女以上に小さく閉じられてしまうこともある。だから、物理的に、まずなめらかに受け入れられない状態である上に、心理的にストレスが重なれば、ますます受け入れがたくなっている。

したがって物理的にまずなめらかには受け入れられない状態で夫のもとに帰ってくる妻を、夫は心理的にやさしく包み、なめらかな気持ちにさせた上で、物理的開花を試みなくてはならないのだが、夫はまだ若く猛々しく、配慮がない。まして、産前産後にさんざん実家との確執に悩まされ、心からの信頼をなくしていた私にとって、官舎に帰ってきたからといって、直ちに夫を受け入れられる状況ではなかった。セックスは不思議なものだ、といまにして思う。あのとき胸につかえるさまざまな思いを、ひとり胸に押し込んで夫婦生活に入れば、いつしか丸くおさまり事なきを得たであろうか?

そんなことは絶対にできようはずもなかった。やりきれない心のわだかまりを解かずして、いや解こうとする努力さえせずに、どうして妻の身体を開かせることができるのだろうか。そうした努力も心遣いもしない夫は、強姦者もしくは単なる獣であり、人間のパートナーの資格はない。

［第三章］　裁判官のＤＶ事件

裁判官の暴走

七月四日の朝だった。札幌にしては珍しく夏の太陽が照りつけ、昼頃には三〇度にもなるだろうと、テレビの天気予報は伝えていた。赤ん坊は朝が早く、五時半頃から目を開けてキョトキョトとあたりを見回している。私は眠い目をこすりながら起き出す。夫は朝の四時頃まで仕事をしていたのだろう。子どもが泣いて彼を起こしてしまっては大騒動になるので、赤ん坊の世話はぬかりなくしないといけない。

前日は公務員のボーナス支給日だった。近所の裁判官の官舎では、夕方五時半には夫たちは帰宅していた。裁判官たちは朝夕黒塗りの公用車で送り迎えされているから、バタンと車のドアの閉まる音で、「ああ、お隣りの○○裁判官はいまお帰りだ」とすぐわかる。

ところがマサオは帰らない。ボーナスの日はたいてい、役所の部下の人たちを連れて街へくり出すのが彼のやり方だ。「ボーナスが出た夜くらい、書記官たちに飲ませてやらないと」と格好をつけている。まだ任官して三年目の判事補なのに、「自分より一〇歳以上も年上の事務官や書記官などの、いわゆるノンキャリアの人たちへの配慮を忘れないのはオレくらいだよ」と、それを誇りにしている。「部長も右陪席の島田さんも、そんな必要はないといって、役所の下の連中を連れて飲みに行ったりはしない。だから書記官たち喜んでね。ボクみたいな裁判官は珍しいんだって。ホント、ボクの人気は絶大だよ」というのが彼の口癖であった。

前年の暮れも夏も、彼はボーナスの日は深夜まで帰ってこなかった。彼には彼のやり方があってよい。しかし、私の財布にはもう二八円しか残っていない。坊やの缶ミルクもあと二日分しかない。せめて生活費を置いてから飲みに行って欲しい、と私は思うが、口に出すことはできない。彼のやり方に口出しをしたら、どんなに乱暴されるかわからないからである。その日マサオは深夜に帰宅し、風呂にも入らずバタンと倒れこむように寝てしまった。赤ん坊の顔も見ず、私に「ボーナス出たよ」という一言もなく。

八時頃起きてきた夫は、「ハイ、二万円渡すよ。これであちこちにお中元を買って送ってくれ。昔ボクが下宿していた家の大家さんから、病気だって手紙来たから見舞いに三千円出して、それから○○サンにも北海道のもの何か送ってやりたいな。××サンもボクが裁判官になったこと喜んでくれていたから、羊羹くらい送らなくては」

私はもうたまらなくなって、言った。

「あのう、ヒロのミルクがあと二日でなくなるんだけど。……それに出産費用の清算もしてなかったでしょ。今度のボーナスではそれを済ませてから、お中元やプレゼントを考えてください。それにヒロもいつ病気するかもわからない。今まで一円の貯金もできなかったから、ヒロの名で毎月千円ずつでも貯金がしたいのだけど……」

と、そこまで言い終わらないうちに、マサオのこめかみの青筋がピクピクと動くのが見えた。

「貯金？　ナンダそれ、くだらん。いまやった三千円出せ。すぐ出せ三千円！」と怒鳴り始めたと思うや否や、ガバッと立ち上がってツカツカと私の側へ来て、いきなり平手で私の顔をめがけて殴りかかった。次いで左手で私の髪の毛をわしづかみにして頭をぐっと上に向かせるや、右手を振り上げて拳骨で私の顔面をめがけて猛烈に殴りつけてきた。

「貴様、こうやって殴られたいか！　まだ殴られたいのか？　もっとか、もっとか、もっとか！」

と、続けざまに思いっきり殴りつけてきた。

「やめて！」と、私はどれだけ叫びたかったか。しかし、赤ん坊を泣かせたくない。私の声は通り易い。隣近所に聞こえたらどうしよう。夫の出世にマイナスになるようなことはできない。声にならない悲鳴をあげながら、私はじっと耐えた。殴られるまま、歯を食いしばって耐えた。髪の毛をつかまれているので、逃げることもできない。どのくらい殴られただろうか。ガンガンと殴られ続け、このまま殴り殺されてしまうと思った瞬間、激痛にぼおっと気が遠くなって、その場にうずくまってしまった。

「まったくもう、イライラさせやがって、何が貯金だ、バカバカしい。今の二万円全部返せ。他の有り金も全部よこせ。もう貴様に金なんか渡さん。大体、成城がツベコベ指図しすぎなんだよ、あのクソババアが。さっき、成城にも中元を送れと言ったが、それこそ気持ちがこもらん。止めちまえ。有り金全部出してみろ。今夜ぜんぶ使ってきてやる。こうなったら、やけくそだ！」

怒り狂いヤクザ口調で怒鳴るマサオの声が遠く聞こえる。タンスを開けて私の財布を探しているらしいが、十円玉が二個しかない財布にまたもや腹を立て、うずくまっている私の頭を次は思いっきり足で蹴りあげてきた。「痛ぁい！」と、私は金切り声をあげ、それっきり後は覚えていない。気を失ってしまったのだ。

重傷を負う

しばらくして、激痛と息苦しさを感じて気がついた。赤ん坊の泣き声がする。目を開けようとするが左目が開かない。顔中痛む。左の頬骨がどうかなったのか、痛くて下が向けない。右目がやっと開いた。あたり一面、私の伏せていた座布団にべっとり血がついていて、私の両手は真っ赤だ。頭はボーッとして耳鳴りもする。頭から顔中央がズキズキと痛む。立ち上がれないので、台所まで這っていって、やっとの思いで氷を取り出して冷やした。子どもの泣き声がだんだん大きくなる。マサオはもう出勤したのか、家の中にいる気配はない。時計は一〇時を過ぎているらしい。

昼近くになって痛みはひどくなるばかりで、額からの出血が止まらない。這って鏡台の前にいき、あっと叫び声をあげた。そこに写ったのは、血まみれの顔だけではない。鼻がつぶれて左横に曲がり、顔中はれとむくみで額・頬・鼻の高さは同じくらいになり、左目はつぶれてお岩さんのようにはれ上がって、ケロイド状のひきつれを起こしている。両目の周りは歌舞伎役者の描く見事なくま状のアザを中心に、顔中、青とも紫ともつかないアザが一面に拡がっている。さらに唇はもっこりと厚く腫れ上がり、左端の一部分がめくれて大きく切れ、そこから流れる血は顎から首筋を伝わって、誰の顔やら見分けがつかず、ふた目と見られない形相である。

「これが私の顔?」この世の地獄とはこのことか。私は絶望して、気を失いそうになった。このとき子どもがいなかったら、私は台所の包丁でノドを刺していたのではないか。もうこんな顔になった以上、生きることはできない。もうこの醜い顔は治らないのだと本気で思った。夏祭りの幽霊屋敷のお岩さんの顔だってこんなに怖くはない。何という怖ろしい顔になったのか。

眠りから覚めた子どもは、こんな母の顔を見ても笑いかけてくれた。何という救世主だろう。

生後三ヵ月のわが子に、私はこのとき生命を助けられたと思う。激しい痛みの中で、私は一日どうやっておむつを替えミルクを飲ませたのか、まったく記憶がない。北国にしては珍しく、気温が三〇度になった暑い一日だったのを覚えている。クーラーもない風通しの悪い小さな官舎の中で、一日中子どもを抱きしめて、殴られたその茶の間にうずくまっていた。口の中がはれて、食べ物は何一つ食べられず、水を吸い込むことさえできなかった。

夕方近く、余りの痛さ、淋しさに耐えきれず、隣りの秋田裁判官（仮名）の奥さんに電話をしてしまった。

「主人に殴られて、いま動けないんです。助けに来てください……」

そう言おうと思ったのだが、言えなかった。衰弱して声にならなかったし、勇気が出なかった。家の中の恥は他人に言えない。秋田裁判官は同じ札幌地裁の刑事裁判官で、マサオより数年先輩の上司である。夫に殴られて大怪我をしたなどと言ったら、夫の出世の妨げになることは明らかだ。言わねば助けてもらえない、でも言えない。殺されても、夫の暴力を口外してはいけない。このことは、当時の私には教義のようにしみついていた。

マサオは神経質な性格に加えて、気分にむらのある気性の激しい男で、これまでもささいなことで私を殴った。しかしこの家庭内暴力のことを、私は誰にも話したことはなかった。殴られ蹴られているなんて、どんなに親しい人にも言えない。

でも今日の暴力は、もうだめだ。夕暮れになっても、夫は帰ってくる気配もない。たまらなくなって、私は東京の母に電話をした。それまでは一言も暴力のことを言っていなかった。とうとう言わねばならない。涙が頬を伝わる。余計な心配を母にはかけたくないけれど、もう限界だ。

「ママ、元気？　今日はこっちはとっても暑かったのよ。元気のない声でしょ？　今朝、マサオにちょっと殴られたの。機嫌が悪いので、困るわ」

言ってしまった。でも、怪我をしている、痛くてたまらない、助けて欲しいとは、どうしても言えない。か細い声で力無く告げる声に母は大変心配したらしい。しかし、まさか夫から日常的に激しい暴力を受けているなど想像もつかない母は、「殴られた」という言葉にも平手打ちを一回されたくらいだろう、マサオは気性が激しいから、それくらいのことはするだろう、としか考えられなかったようだ。

「これは傷害罪ですよ」

その夜、午前一時も過ぎてやっとマサオは帰宅した。しかし前夜同様、したたか酔っている様子だ。氷をあてながら死んだように横になっている私の顔も見ようとせず、不機嫌な態度で自室に入って、唐紙（襖）をピシャッと閉めてそのまま寝てしまった。夜中じゅう私は痛くて一睡も出来なかった。隣りの部屋から酔っぱらい特有の乱れたいびきが聞こえてくる。頭はズキズキ痛み、左目は開かず、息苦しくて寝付けない。そんな瞬間、ふと、とんでもないことが私の頭に浮かんだ。

――あっ、こんな夜だ。こんな夜なら刺せる。台所から包丁を持ち出して、この醜い顔にしてくれた夫の寝首をかくのだ。

私は思わず、夫殺しの女性の心境とはこんなものかもしれないと思った。まさか将来弁護士になって、夫殺しの女性の弁護を引き受ける日がこようとは、このときは思いもしなかった。

翌日は日曜日だった。朝一〇時頃やっと起き出したマサオに向かって、私はたまらず「私の顔を見て」といってその惨憺《さんたん》たるケロイド状の顔を見せた。

「アッ！ ナンダその顔は？ 昨日のオレのゲンコか？ いやあ、見事な傷だな。バカ、お前が悪いんだぞ。オレを苛立たせるから、ルミは気が強いからいけないんだよ」

ここまでの怪我をさせながら、悪いのは私だと夫は言う。そして続けて「こんなアザや腫れはね、冷やすの。よーく冷やしてりゃ、そのうちに引くよ。繁華街の裏通りへ行ってごらん、毎晩誰かしら殴られて、そんな顔になってるよ」

自分が殴って負傷させたのである。よくも平然とそんなことが言えるのね……しかし私は言いたくても口には出せない。ただ彼はこんな男だったんだ……と思うと、心が凍った。

「じっと冷やせばいいんだ、どこにも行くな、どこにも電話なんかするんじゃない！」としばらく言っていた夫も、「頭のなかがボワーンとしている。吐き気がする。気が遠くなりそう」と私がぼそっと言うと、さすがにびっくりしたらしい。半日以上ぐったり横になったまま起きられない私に腹を立てていたようだが、私の顔をつくづく見て「あっ、これは立派な傷害罪だ。また『地裁裁判官の不祥事』なんて全国紙に載っちまうや」と独り言を言い始めた。

自分でも心細くなったのか、放っておくとまずいと思ったのか、夕方になって「医者に行こう」と言う。医者といっても日曜の午後だ。どこの病院がやっているかわからない。それに子どもをどこかに預かってもらわないと、私は立って歩くことさえ出来ない状態だ。近隣の裁判官の奥さんに赤ん坊を預かってもらうことは、避けたい。夫が妻を殴って怪我をさせた、病院に行くので預かってくれとは死んでも言えない。裁判官の暴行傷害事件が、表に出たら大変である。

考えた挙げ句、裁判官官舎のはずれにある財務局の官舎の奥さんが、年輩で優しそうな人であることをマサオは知っていた。「いつも挨拶しているから、あそこに頼もう」と言い、おしめと哺乳ビンをつけて「二、三時間お願いします」と子どもを預けに行った。そこで外科の医者も紹介してもらった。

しかし、紹介されたその外科医院では「本日休診」という札が下がっていた。裏口へまわって、何とか診てもらえないかと頼むと、「ウチは救急じゃないから」と言いながら出てきた普段着姿の医者は、私の顔をみて「おっ」と驚きの声をあげた。

「どうしたんです。殴られた？　エッ、ダンナに？　奥さんそりゃまずいよ。ダンナだってここまで怪我させられたら、警察ものだよ。すぐ警察に行ったら？　それに傷が頭に近いから精密検査も必要だ。ウチは設備もないから、大きな脳外科に行くといい」

といって、その場で脳外科を紹介してくれた。タクシーで市内のほぼ中央にあるN脳外科病院へ行く。かなり大きな病院で、さっそく脳波を調べた。脳波は低調で、丸二日間ほとんど飲み食いもできなかった私は、「まず点滴をしないと、体がもたない」と言われた。即入院だった。

夫はやっと事の重大さを認識し始めた。入院と言っても赤ん坊がいる。自分には大事な公務がある。自分が裁判をしなくては、被告人たちは救われない、と固く信じている。仕事を休んで赤ん坊をみるなど、天地が逆さになっても考えられない人であった。夫はしぶしぶ自分の田舎の母親に電話を入れた。

「ちょっと困ったことが起きた。ルミが入院する。子どもの面倒を見に、こっちへ来てくれないかな」

それからほぼ一ヵ月間、私は病院のベッドに横たわったまま、まるで廃人になったように、うつらうつらするばかりで起きあがることも出来なかった。顔面と頭部の痛みはなかなか引かず、とくに左の頬骨がズキズキと痛み下を向くこともできなかった。(後にレントゲン撮影で左頬骨にひびが入ったことが分かったが、同居中は分からず、マサオからは「気のせいだ」「仮病だ」と言われ続けた)。ふた目とみられないお岩の顔で点滴をうけ続けた。食事も水もノドを通らず、涙が流れ続けるばかりだった。子どもに会いたい。生後三ヵ月の子は成長が早い。ちゃんとミルクを飲ませてもらっているかしら、いい子にしておばあちゃんに気に入られているかしら。不安は尽きなかった。

やがて東京の母もかけつけた。私の顔を見るなり「まあ、なんということ!」と絶句した。理由がなんであれ、夫が妻の顔や頭を殴り続けたなんて話は想像も出来なかった、と言って、母も茫然と立ちすくんでしまった。母は一週間、私の病院に付き添ってくれたが、家庭のこともあって帰京した。

自分の暴力を肯定する

子どもをみてくれていた夫の母も、八月の後半にもなると「一ヵ月以上経ったし、お父さんも待たせている。もう帰らなくては」と言い出した。では子どもは誰がみるのか？　義母が帰り誰にも面倒をみてもらえないヒロのことを想うと、一刻も早く退院しなくてはと焦った。しかし、官舎に戻れば、夫と二人きりで相対することになる。いつまたゲンコツが飛んでくるかもしれない。今度はどんなことになるのか、想像もつかないほど怖ろしい。次は本当に命さえないかもしれない。

しかし、彼には暴力がいけないことだという認識がない。「昔から妹たちが、ちょっと不機嫌な顔を見せると『なんだ、その仏頂面は！』といって殴ってやったもんさ。妹たちはどうせ嫁にいく。婚家先で仏頂面なんかみせたら、亭主から殴られるんだ。そのことを教えといてやったってこと。オレは長男だ、それくらい当たり前だよ。下の妹もよく殴ってやった。メガネなんか何回もボクが殴ってぶっとんでるよ。でも妹たちはそうやってボクから調教されているから、将来嫁に行ってもきっとボクに感謝するよ。おまえはあんなゴキブリ亭主のフヌケ親父に育てられたからダメなんだ」

彼は暴力によって女は矯正されるべきだと信じ込んでいた。退院して夫と二人きりになったら、私は怖くて怖くて生きた心地もしないだろう。何とか義母が田舎へ帰るまでに退院して官舎に戻り、義母に間に入ってもらって話し合いをしなくては。私は必死の思いで院長に「何とか明日中に退院させて欲しい」と頼んだ。院長は「まだ十分に治癒していないから無理だ」と反対したが、むりやり頼みこんで官舎へ戻った。退院する前夜、私は視力のもどらない片目をかばいながら、夫あての手紙を書いた。


「一、もう二度と殴らないと約束してください。
一、お金のことはフランクに話し合ってください。
一、成城の実家とも仲良くしてください。そして成城の誹謗はやめてください。
この三つを約束してくださったら、私はまたあなたのいい奥さんになります」

言葉にする勇気はないので、便せん一枚の手紙をにぎりしめて退院した。私は義母と夫に「これを読んでください」といって手紙を渡した。まず義母が読んだ。義母は以前、「相手の身内を誹謗するのは卑怯だヨ。マサオも気を付けないとネ」と言っていたこともあったので、私は内心期待していた。しかし、このとき義母は、何もいわずに、返してよこした。次いで夫に渡した。マサオも何もいわず黙って私に返した。「わかってくださったんですか?」と言いかけると、「もう母さんは明日帰るんだ。疲れているのにつまらんことを言うな!」と夫は大声でさえぎった。それでお終いだった。

その夜、私は夢を見てうなされた。マサオが拳を振り上げて私を追いまわし、ついに台所のすみに追い込まれて滅多打ちにされる悪夢で、一晩中うなされ通した。このまま何の話し合いもなく明日から夫と二人きりになるのだと思うと、死ぬほど怖かった。翌朝早くに、マサオは荷物をもって義母を送って出た。

「ヒロちゃん、いい子で大きくなってな」

義母はそれだけ言うと、私の顔も見ないで官舎を出た。以後、この祖母と孫は二度と会うことはなかった。

破局

義母が帰った後の夫婦と赤ん坊の生活は、異様なものであった。私はめまいもひどく、吐き気も続き、ひびの入った頬骨の痛みも取れず半病人のまま寝たり起きたり。成城の実家は手伝いに行ってあげられないから、せめてお手伝いさんを頼みなさいと言って、このとき十万円を送ってくれた。そこでどうにかこのとき、家のことは家政婦をたのんでまかせ、赤ん坊の世話だけはやっと這うようにして自分でした。

マサオはこのときちょうど、三週間の夏休みに入っていた。裁判官は交代で二〇日間の夏休みを取ることができる。記録を読んだり、判決を書いたりして、毎日家で過ごすのである。その気にさえなれば、家事や育児の手伝いも十分できる状況にマサオはいた。しかし彼は、自室の扉を固く閉ざしてこもりっきりになり、家事育児をいっさい手助けしようとせず、あちこちへせっせと手紙を書き、電話をかけ続けた。「妻は仮病をつかって家事をやらない。家事も出来ない女房など居てもらっては困る」と、田舎の父親と密かに嫁を追い出す方法を相談し始めた。

成城にも電話をした。「ルミのおかげで大変迷惑している。成城の育て方が悪いから、俺から殴られたりするんだ。少々殴られたくらいで大げさに騒ぎ入院までされて、こちらはえらい迷惑した。これでは、せっかく優秀な裁判官として役所からの期待も大きいのに、女房のおかげで仕事の出来ない男になってしまう。引き取れるかどうか考えてもらいたい」といった趣旨の電話を、父にしてきたという。私がケガの後遺症と精神的ショックから起きあがれず、赤ん坊だけを相手に独りひっそりと家の片隅で過ごしていた退院後の二〇日間、彼はせっせと離婚工作に余念がなかったのだ。

彼はまた、「お前が仮病をつかって家事をしないから、心労で胃潰瘍になった」と言い出して、近所の町医者でバリウム検査を受けに出かけた。「本当に胃が悪いなら、二年前に十二指腸潰瘍を治してもらった大学病院の先生のところに行けば」と私が言うと、「うるさい！」と怒鳴りだし、受けつけなかった。役所では女子事務員に「胃が痛いから白湯をくれ。煎茶は飲めない」と言いつけ、その一方で酒場では強いウィスキーや冷や酒をがぶ飲みするという矛盾した生活を繰り返すのだった。こういう夫に私はだんだんと冷めていった。

田舎の義父から、偽名の電話がかかった夜、私は切れた。

「ご主人いますか、山田です」というので、取り次いだ。後で「山田さんて、どなた？」と聞くと、

「オヤジだよ」と夫は答える。

「どうして私に偽名など使うの？」

「お前は嫁なんかじゃない、と思ってそうしたんだろう」

「私が嫁じゃない、ってどういうこと？」

——私は絶句した。

「どういう意味？」

「お前みたいな女と一緒にいると、ボクはまた、殴ると思う。そのたびにこんなに入院したりお袋呼んだりしたら、ボクは仕事にならない。はっきり言わんとわからんなら言うが、お前とは離婚だよ。オヤジの言っていたとおりさ。結婚するなら同郷の女でなくてはダメだと言ったろうが、ってサンザン説教されたよ」

これがきっかけになって、激しい口論が始まった。夫はまたもや、私のことより成城の両親を口汚く罵った。

この男とはもう冷静な話し合いは出来なかった。これ以上何か言えば、また殴りかかってくる。私は怖ろしくて口を開けない。深夜ひとり、涙にくれて泣き明かした。子どもはスヤスヤと何も知らずに眠っている。この子は何という運命を背負って生まれてきたのだろうか。これからどうなるかわからない。でもこの子だけは私の命だ。もうここにはいられない。この町には親戚一人いない、友人もいない。どこへ行こう。子どもと一緒にかくまってくれ休息させてくれる隠れ家を、このときほど欲しいと思ったことはない。まだドメスティック・バイオレンス（DV）という言葉もなく、追い詰められた妻をかくまうシェルターひとつない時代だった。

「警察には行くな、家裁にも行くな」

翌朝、ヒロがむずかっててんてこ舞いしている私を尻目に見ながら、マサオは平然とテレビを見ていた。そのテレビは成城の父が「君たちはテレビも買っていないのか」と言って、新婚早々の私たちを訪ねてきたときに買ってくれたものである。「あなたの言う成城のフヌケ親父が買ってくれたテレビ、山田さんの息子さんに見てもらいたくないわ」――私の口がすべった。

再び前夜の義父からの偽名の電話のことで、激しい口論になった。

「貴様はもう嫁なんかじゃないから、親父はそう言ったんだ。とっとと出て行け！」と怒鳴るや、朝食の載った卓袱台をひっくり返し、そのまま出勤していった。夜になっても、十二時過ぎまで帰ってこなかった。翌朝になって分かったのだが、直属の上司である松谷裁判長（仮名）の自宅へ行っていたのだ。そして「女房とはできるだけ内々に離婚したい。理由は風呂を焚かない、飯がまずい、私を買い物に行かせる」と言ったのだという。

真夜中過ぎに帰宅したマサオは、寝ずに待っていた私を見て、「話し合おう」と初めて言い出した。私はあの暴力事件以来ずっと「話し合ってください」と言い続けてきたので、すぐに応じた。ところが「朝、出て行けと言ったのに、まだいたのか。もうズバリ言って離婚だね」と話し始める。私も義父の偽名電話から腹を立てていたので、売り言葉に買い言葉で、「ええ、離婚ね」と口にしてしまった。それ以上言葉はなく、そのまま別室でやすんだ。翌朝になって「あなた、ちょっと待ってください。可愛いヒロがいるじゃないの。わたし、昨日は本当はあなたの好きな果物を買って、待っていたのよ」と声をかけた。ところが「結論はナンだ、結論は！　ざまあみろ、未練が出たか。成城も出戻りかかえちゃ困るんだろうなあ」とわめき始め、怒りで肩をそびやかしたまま迎えの車に乗り出勤していった。

その日の昼過ぎ、私は思いあまって、足元がまだフラつくまま子どもを背負い、夫の上司で隣りの刑事部の裁判長渡氏（仮名）の自宅を訪ねた。八月下旬になると北の町には早くも秋の気配が漂い、高原のような冷涼な風が、殴られてひびの入った頬骨にしみた。背中の赤ん坊がヒクヒクと鼻を鳴らしてむずかりはじめる。勇気を振り絞るようにして、上司の判事の玄関で呼び鈴を鳴らした。渡氏は宅調日で在宅であった。

話を聞いた渡判事は、重い口を開いた。「奥さん、とにかくここは少し冷却期間をおくということで、東京のご実家にお帰りくださいよ。その間に、石垣君にも、離婚は思いとどまるよう言いましょう。しかし、警察などには行かないでくださいね。家庭裁判所も普通は家庭問題の相談にのりますけど、行かないでくださいよ。もし離婚ということになったら、役所の上層部の判事が、内々にまとめてあげますから……」

裁判官が妻から傷害罪で刑事告訴でもされたら、一大事だと思ったのであろう。「警察には行くな」と判事は何回も行った。私の顔にはまだそのときのアザが残っていたが、すでにあの事件から七週間がたって、大方のひどいアザは消えかけていた。もしあの事件当日の惨憺たるお岩状態の顔をもしこの判事が見ていたなら、それでもなお警察に行くなと言うのであろうか。私は口惜しかった。

最近、裁判所は人権感覚がなく、身内の不祥事に対しては甘いと批判されているが、いまに始まったことではない。この体質は数十年前から何も変わっていないのである。

ここには誰一人頼るべき人もいない。警察にも家裁にも行ってはいけない。それが裁判官の妻である宿命なのか。

翌日、話を聞いてくれた渡判事の方から私へ電話が入った。「石垣君の直属の上司である松谷部長とも話し合ったのですが、石垣君はすでに、奥さんとは内々に離婚したいと、奥さんに言うより前に松谷さんに話しに来ていたそうですよ。石垣君が言うには、女房は仕事を理解しない。家事能力を喪失している。石炭を使う風呂が焚けない。自分を買い物に行かせる。自分は一生、裁判官を続けたい。どんな地方でも構わない。東京には行きたくないと既に地裁所長に言ってある、というのです。まあ、こんな理由では法律上の離婚理由にはなりませんが……」と言う。そして続けて、「くどいようですが、家裁には行かないように。警察に行っても意味はありませんよ。もう一度、彼には離婚を思いとどまるように言いますが、それでも駄目なら私と松谷判事が間に入って、慰謝料、養育費、その他どんなことでもしてあげますから」、こう言って電話は切れた。

その夜もマサオの帰りは一二時過ぎだった。胃痛だといいながら、グデングデンに酔った上に、当時高級品とされたジョニ赤を一本、ぶら下げている。「郷里から叔父貴がきて一緒に飲んだ。土産までもらった」と、それでも機嫌は良さそうだった。

翌日の晩は、「渡・松谷の両判事からお呼びがかかった」といって、また遅かった。両部長はマサオへの説得を試みたものの、本人は調子の良いことを述べ立てて部長二人を丸め込んだ様子だった。「女房のせいでまた十二指腸潰瘍になった」と腹を抑えながらしゃべる一方で、渡判事宅のウィスキーをボトル半分以上飲んだという。マサオの離婚の意思は固く、「離婚以外にはない」と言い、両部長の離婚はやめておけという説得も受け付けず、自分はいかに仕事熱心で裁判官としてこれ以上の新人はいないと宣伝に努めたようだ。

翌日の昼間、私は初めて隣りの内山裁判官（仮名）の奥さんに少しだけ家庭内のことを話してみた。「出て行けといわれても、出たら奥さんの負けよ。東京に帰らないで、頑張らないと駄目よ」と言われた。

私は小さなヒロを抱きしめながらどうしてよいのか途方に暮れるばかりだ。東京に帰れという渡・松谷両判事。帰ったら負けよと励ます隣りの内山裁判官夫人。……悩んだ末に、もう一度渡判事に電話をして「昨夜の石垣の様子はいかがでしたか」と尋ねた。「お二人の考え方がだいぶ違うようで……どっちもどっち、という気がしますね」と冷たく突っぱねられた。先日の判事とはまるで別人の感じがする。「石垣君には、クリスチャンにでもなるか、座禅でも組んで精神を落ち着かせて……とかいろいろ言ってはみたんですが、鼻先で笑われましてね。決意は固いようですから、奥さんは東京の実家に帰ってご両親とよく相談してみてください」と言い、すっかり手を引いてしまった。

私は極度の精神的ショックを覚え、廃人同然で、その日は一日中、涙が流れるまま横になったまま、起きあがることもできなかった。

「あなた、それでも裁判官？」

その晩、私はそれでもまだ、マサオともう一回話し合おうと思った。

「もう殴らないと言って欲しい、お願いだから、そう約束して欲しい」

わずかでも機嫌が悪くなさそうな瞬間を見計らって、怖る怖る切り出した。しかしマサオは、視線を遠くの方へやり、しばらく答えようとしない。ややあって、「もう殴らないと誓えと言われても自信はない。女房だと思うから腹も立つ。女房だと思うから殴るんだ。殴らないということは、他人になることだ。これ以上一緒にいたら、何をするか自分でもわからない」

と妙に静かな調子で言う。

「もう最悪のことをやってしまったと思っている。もう、すべては終わりだ。君も不幸だったね。こんなに怖ろしい男と結婚して」

「私はいい奥さんになる。なれる。あなたの暴力さえなければ！」

私は叫ぶ。私の腕の中ではヒロがすやすや眠っている。

「この子はどうなるの？　坊やがいるのに、あなたは何を考えてるの？

……あなた、それでも裁判官？」

「ああ、オレは裁判官さ。お前はこんな裁判官に裁かれる日本国民は可哀相だと、この前言ってくれたけれど、役所の書記官たちに聞いてみろ。石垣裁判官くらい被告人の人権を考えている裁判官はいないって、誰もがいうぞ」

「でも、子どもは?」

「子ども子どもって、子どもを笠に着て言うんじゃない! 親はなくとも子は育つって言うだろうが」、マサオの声が突然大きくなった。やがて落ち着いた声で続けた。

「ぼくには子どもより仕事が大事だ。裁判官は一生やる。昨晩、松谷判事の家に行って話してきた。女房とは別れます。内々に話をつけますから、心配しないでくださいって言ってきた」

「それで松谷判事は何て?」

「石垣君が結論出したならしようがない。奥さんには東京の実家へ帰ってもらって、東京で話し合うように、って言ったよ。もう一刻も早くここを離れなさい。ぼくと一緒じゃ怖いんだろう? それに何より、このままじゃ僕は仕事が出来ないじゃないか」

子どもよりも仕事、妻よりも仕事。裁判官の仕事は、そんなにも夫にとって大切なのだろうか。私は流れる涙を拭くこともできず、ヒロをかかえて、マサオの書斎を出た。夫婦二人が話し合ったのはこの夜が最後だった。

二日後、東京から母が迎えに来た。体力もすっかり衰え、目まいがして足元のおぼつかない私に代わって、母が八キロになる赤子をおんぶヒモで背負った。身の回りの品だけをもって、官舎を後にした。ポプラ並木が続く一本道、去年の夏まで一緒に走ったり散歩した一本道が、遠くにみえる。砂ぼこりと馬糞風の舞う北大裏のつましい官舎の並びに、ひっそりと別れを告げた。二年間親しくしてくれた先輩の判事の奥さんたちにあいさつを交わすことも出来ず、殴られたこと、もう二人はやっていけないことも誰にも知らせず、私はその地を去った。

彼のしたことは暴行傷害に他ならない。しかし、「裁判官の暴行傷害事件」ということが明るみに出たら、どうなるのだろう。「そんなことになったら、もう裁判所を辞めるしかない」と彼は何度も口にしている。最後の最後まで今回の「事件」は語ってはならない。私は涙をこらえ、母に付き添われて千歳空港から飛び立った。これからいったいどうなるのか、心細さと淋しさに涙の乾く暇もない旅路であった。

［第四章］　司法試験を目指す

別離──新しい旅立ち

東京の実家にもどっては来たが、私の身体の回復は思わしくなかった。立ちくらみ、目まい、吐き気は依然としておさまらない。食欲はまったく出ず、心身ともにボロボロで、気力体力の衰えは甚だしく、子どものためにも何とか力をふり絞ろうとしても、自分の意思に反して何ひとつ出来なかった。視力はすっかり弱り、目を使う読書はまったくできなくなり、新聞を読むことさえ殴打事件後一年間はできなかった。

帰京後三ヵ月たった一一月初め、ついに限界が来た。区役所へ住民票の変更申請に行ったところ、字が薄くぼやけて見えにくい。見えるところもあるが中心部あたりがぼやけている。おかしいな？　と思っているうちに気分が悪くなり、気が遠くなった。気がつくと病院のベッドにいた。私はまた、入院していたのだった。母は「もう何も考えないでゆっくり休みなさい。ヒロはばあばが育ててあげる。大舟に乗ったつもりで任せなさい」と言ってくれた。

一進一退の状態が、数ヵ月間続いた。新聞も読めない。テレビも見たくない。わずかにラジオから聞こえるニュースだけが、世間との接点である。入院先に一週間に一度だけ連れてきてもらえるわが子を、ベッドの上でひしと抱きしめると、また涙が出てきてしまう。ヒロは一週間一週間と重くなってやって来る。

目まいは続き、起き上がって歩く自信がない。脳波の検査をしてもほとんど改善せず、「殴打による後遺症と極度の精神的ショックのため、向こう一年くらいの休養と安静が必要」と言われる。

その頃である。「眼科の検査をまだしていない、あれだけの殴打だったら、眼底がやられているかもしれない」と母が言い出した。医師に話してさっそく眼底の検査を受けた。結果は、殴られた左目の眼底に浮腫が出来ている。野球のボールが飛んできて当たったときなどにおこる外傷性の中心性網脈絡膜炎《もうみゃくらくまく》ということで、私の場合は「回復の見込みはまったくない」という診断であった。

回復の見込みがまったくないとは、どういうことか。私はそれまで左右とも視力は「一・二」で、眼鏡は必要としなかった。その私の視力が新聞の見出しくらいしか読めなくなった。生まれて初めて眼鏡を作ったものの、頭痛がしてすぐに焦点が合わなくなる。

しかし、原因がわかって私は心が落ち着いてきた。あの七月四日の激しい殴打で眼底に浮腫が出来て、これが視力障害を起こし、脳へ影響していたのである。そういえば彼は空手の心得があった。よく家でも空手の練習をしていた。あの日、かっとなった夫は左手で私の長い髪の毛をわしづかみにして顔を上に向かせ、利き手の右手で空手チョップを私の左顔面に何度も打ち当てたのだった。お岩さんさながらの醜い腫れやアザ、左頬骨のひび、左眼底の浮腫、という負傷はすべて、彼の空手もどきの暴力によるものだった。

それにしても、ここまで夫の暴力によって傷つけられねばならないいわれはないではないか。妻に後遺症を残すほど激しく殴る夫は、尋常ではない。しかもその夫の職業は、裁判官である。刑事事件の裁判官として、人を裁いている。傷害罪を犯した人が、毎日毎日、何人も手錠腰縄姿で法廷に連れられてくる。こういう人々をマサオは黒い法服に身を包み、一段と高い裁判官席から見下ろしている。

「『被告人を懲役二年六月《ろくげつ》に処する』なんて判決言渡しをするときは、すごく緊張する。とにかく被告人にとってボクは神様そのものだよね。被告人の人生を左右するんだからね。死刑判決だってそのうち何回かは、やらなくてはならない。本当に優秀な人が裁判官にならないと、日本国民は大変な目にあうよね。頭の悪いヤツにはできない作業だよ」、何度もこう繰り返していた夫。裁判官は神様？　それではあなたは私にとっても神様なの？

病院のベッドに横たわりながら、暴力をふるう男が神様とはどういうことか、私にとってこの殴打事件はどう解釈したらいいのか、その謎を解き明かそうと私は必死で考えた。

まず事実を整理しよう。夫は私に暴力を振るった。だから私は大怪我をし、片目は失明同然である。その夫は裁判官である。「裁判官とは神である」と夫は言う。では〝神様〟が私を失明寸前まで殴ったのか。何故だ？　何故〝神様〟は、私をこんなにまで凄惨な目に遭わすのか？　私にとっては被爆体験に等しいともいえるこの惨劇が私に与えた意味を探ろうと、連日連夜、病院のベッドの上でもがき続けた。

「いまこそ立ちて行け」

ある晩、私は夢を見た。夢のなかで、言葉が聞こえた。目が覚めたとき、夢の細部はなにひとつ覚えていなかったが、その言葉だけは鮮明に記憶していた。それは、「汝、いまこそ立ちて行け」という、子どもの頃に教会の日曜学校で習ったイエス・キリストの言葉であった。

「この社会の片隅には、いまの汝以上に悲惨な目に遭っている人がいる。夫から殴られても殴られても、じっと耐え忍んでいる女たちがいる。独善的な裁判官によって、不当な判決を強いられた人もいる。法律の知識がないばかりに、悩み苦しみ、もがきながらも解決できないでいる人もいる。汝はなぜ、そうした人々の力になれる人間になろうとしないのだ？」

この夢は胸の深い部分に衝撃を与えた。そう、確かに私はこれまで、自分のこと、自分の家族のことしか考えていなかった。最高学府で学びながら、仕事もせずに家庭の主婦におさまって、広い社会へ目を向けることを怠っていた。振り返ってみれば満二六歳の今日まで、私は何もかも順調そのものだった。大学を出て大学院へ進学し、二三歳で結婚し、修士課程も卒業。さらにその翌年には出産。人生の階段を順調に上がってきた。好きな美学美術史の勉強に打ち込み、好きな男と結婚し、子どもに恵まれ、幸せを絵に描いたような半生だった。

そんなさなかに一気に突き落とされたこの地獄。私は平和ボケならぬ幸せボケになっていたことを、このとき身をもって知らされた。世の中には今の私のように、いや私以上に痛み苦しんでいる女、悲しみにもがいている女がいることに、なぜ気づかなかったのか。私は思わず「シェイム！」と心の中で叫んでいた。

このときほど自分自身が恥ずかしく、おぞましく思えたことはなかった。殴られた頬骨は変わらずズキズキ痛み、かすむ左目に私の心は乱れた。

夢で聞いたのはイエスの言葉ではあったが、もともとキリスト教の信者ではない私に、いったいどんな神様が現われたのか。私はこの夢の啓示を一つの宿命として受け止めた。

泰平の眠りから一気に目覚めた思いで、私は奮い立った。私は大学時代、いわゆる「目覚めた女」ではなかった。母が幸せな結婚生活をしていたせいだと思うが、結婚して家庭に入ることは女として自然なことだと思っていた。だから大学を卒業した後も、社会のために、また困っている人のために働くのだという思想は、ほとんど持ち合わせていなかった。「経済的に自立しなくては、女は男と対等になれない」と真剣に主張し運動に加わる学友もかなりいたのだが、私は実感としてそう感じていなかった。

ところが結婚してみると、夫は殴るたびに「オレはお前を食わせてやっている！」という言葉をよく吐いた。何言ってんのよ、たった三万円（一九七〇年当時）くらいの安月給で、「食わせてやっている」はないだろうと、腹の中で悔しく思ったが反抗はしなかった。ここにきて「経済的に自立していない、男に隷属《れいぞく》する女房は、殴ってもいい」と心底から信じている夫の姿が鮮明に浮かび愕然とした。

ああ、やはり私も自立しなくてはいけないのだ。暴力を振るう夫のもとで耐え忍ぶことはもう止めよう。子どものことを思うと不憫でたまらないが、札幌を出る前の晩、「子ども子どもと、子どもを笠に着るんじゃない！」と叫んだマサオの声が耳にこびりついている。こんな夫とともに子どもを育てられるはずがない、と心は固まりだした。信頼関係をなくした夫婦の間では、子どもは健全に育たない。私の離婚の決意はこの夜に確固たるものになった。

もう翌日からは迷うことはなかった。一本の真っ直ぐな白い道が私の前に開けた思いがして、ずんずんまっしぐらに歩めばよいのだと悟った。私は弱い女性たち、無知故に必要以上に苦しい思いをしている人たちの力にならなくてはいけない。それには弁護士になるのが一番ふさわしい！

日本の司法界を知りたい

夢の啓示はともかくとして、現実的にも考えてみた。私は法学部で学んだわけではなかった。マサオと結婚する前には私の身近には、法曹関係者はほとんどいなかった。父をはじめとして叔父たちはみな官僚か学者、銀行家という人々だった。私の祖父は戦前には会社経営の傍ら、弁護士の仕事をしていたと聞いた。戦前のある時期、帝国大学の法学部を卒業した学士には弁護士資格が与えられそうで、祖父もその一人だった。その祖父も私が生まれる前年に亡くなっており、私は弁護士の日常生活を見て育った経験はない。後に述べるように、親戚には有名な最高裁判事がいることは知ってはいたが、親戚の法事でたまに挨拶をする程度で、その生活ぶりや意見を聞くなどという機会はなかった。日本の裁判や裁判官を身近に感じ、知るようになったのは、マサオとの結婚が初めてのことだった。

「オレは裁判官なんだ。裁判官は神様なんだ」と繰り返し言うマサオに婚約中は感心し、偉い人だと思い、もっとこの人を知りたいと思って結婚した。そして二年後、「あなた、それでも裁判官？」との疑問を投げつけて彼のもとを去った。

私は知りたい。本当に日本の司法はどうなっているのか。裁判とは何だろう。どういう人が裁いているのだろう。マサオみたいな人ばかりが裁判官であるはずはないと思うのだが……。

しかも、女性のことを、裁判官は人間として考えているのだろうか。「奥さん、警察へ行っても意味ないですよ。家裁に相談に行くのも止めてください」と、あのときマサオの上司の判事たちがうろたえながら言った言葉は耳に残っている。私だって官舎の台所で憲法くらい勉強した。人権という言葉も、裁判を受ける権利も、マサオの大学時代の教科書で読んだ。もっと勉強したい。もっともっと法律を学んでみたい。そしてどうせ法律を勉強するなら、司法試験を受けてみよう。マサオは機嫌のよいときは「ルミも試しに受けてみたら？　キミならすぐ受かるさ」と口にしていたことも思い出された。もっともそうは言っても、司法試験に合格するのは、針の穴をくぐるより難しいとさえ言われている。このことは学生時代から聞いて知っていた。それでも、他の人たちと同じように努力さえすれば、合格しない試験ではないだろうと思えた。私はもう間もなく二七歳になる。子持ちで離婚した女が、資格も何もなく普通に就職口を探すのは難しい。いまから取れる資格のうちで、女性が一生の仕事として取り組めるものは何かと考えると、弁護士はさほど悪いものではなさそうだ。

もちろん、修士号までとった美術史研究を再開し、博士課程に進んで研究者になったり、大学での教職につく道も考えないではなかった。私の指導教官だった吉川逸治教授は日本における西洋美術史の大御所であったばかりか、フランスでもよく知られた西洋ロマネスク美術の権威でもあられた。しかしその先生も既に東大を退官され、奈良の私立美術館の館長に就任しておられた。現在でこそ美術館の数は全国的に増えて、美術史を志望しその道で食べていこうという学生も大勢いるが、その昔は美術史学とは王侯貴族の学問と言われた。家業が他にあるとか、親に十分な資産があって、精神的にも余裕のある人がゆったりと続けてこその学問というのがなかば常識になっていた。いま私は生後半年の子どもを抱え、これからこの子を食べさせていかねばならないのだ。ミルク代すら出してくれなかったマサオが、これから十分な養育費など送金してくれるとはとうてい思えない。好きな学問ではあるが、いまとなってはこれではやって行けない。とくに西洋美術史という分野の研究で専門家になるには、修士号を得たならその次はフランスかイタリアへの留学が不可欠と言われていた。その後何年かして「子連れ留学」という言葉が聞かれるようになったが、当時はまったく考えられないことだった。学問の世界も男性中心社会。まして生まれて半年の赤ん坊を連れていては、フランス政府の留学生試験もパスさせてはくれないのは明らかだった。

こういう事情から、大学の研究室にもどる気持ちは九九パーセント湧いてこなかった。いつの日かヒロが成長して私に経済的なゆとりができたときに、将来の選択肢のひとつとして残すことにしよう、と心に決めた。

退院して実家に戻ると、私は母に「これから一日三時間、赤ん坊をみてください。私は亭主を六法全書に乗り換えます」と宣言した。その日から、離婚手続・目の治療・育児に加えて、司法試験の受験勉強が始まった。まさしく「右手に赤児、左手に六法」を携えての新しい旅立ちの朝であった。

奥野健一元最高裁判事のこと

八海事件や砂川事件を手掛け、昭和四五年に定年退官した元最高裁判事の奥野健一(子息は文芸評論家・故奥野健男)は私の大伯父にあたる。一九六八(昭和四三)年、マサオが私との結婚を決意する際に、私の親戚筋に現職の最高裁判事がいることを計算に入れたかどうかは知らない。ただ、対抗意識を燃やすかのように、「オヤジの京大の先輩で商法の大隅健一郎先生が最高裁判事だから、大隅先生に結婚式の仲人を頼もう」と彼は提案してきた。

結婚式の数日前、二人して挨拶に行った両最高裁判事の官舎は、どちらも広大で立派なものであった。いずれも都内の一等地にあり、五〇〇坪はゆうに超す敷地に建つ、昔ながらの瀟洒《しょうしゃ》な洋館だった。お手伝いさんに長い廊下を奥へと案内されながら、若い駆け出し判事補のマサオと私は「雲の上の御殿のようだね」と感心し、庭木や池の眺めにも感嘆しあった想い出がある。

私たちの結婚式は、仲人と来賓に現職の最高裁判事をそれぞれ配し、夫の司法研修所時代の所長と担任教官五人、地裁所長、部長等々とエリート中のエリート裁判官ばかり十数人を招き、並び大名勢揃いの感があった。とくに司法研修所の鈴木忠一所長（裁判官）は、落合亮太郎という名を持つアララギ派の歌人としても知られていた。私の曽祖父が中村憲吉という歌人で、斎藤茂吉と並ぶ『アララギ』の創始者であることを知って、この結婚式にいたく関心を持っておられたと、後になって知らされた。

私の恩師であった文学部の山根有三教授から、「私は学生の結婚式によく呼ばれるが、こんなにも壮重そのものの結婚式に招かれたのは初めてだ」と皮肉まじりの祝辞を賜ったほどであった。上昇志向の強い夫が、精一杯の格好をつけた結婚披露宴であったのだ。

こんな経緯もあって、夫から暴力を振るわれ大怪我をして東京の実家に戻った私は、両親に付き添われて、まず奥野の伯父の家に相談に行った。このとき奥野伯父は最高裁を定年退官してまだ一年目であり、弁護士登録をして日本橋の大手法律事務所に顧問格で机を置いていた。

伯父は私の話を逐一聞いて、静かに話し出した。

「最近の裁判官は困ったもんだねぇ。受験勉強ばかりやってきていきなり裁判官になるから、何もわからんうちに地位だけ与えられてしまうことになってね。相手が裁判官だからって、遠慮することはないよ。家庭裁判所にも行けばいい。調停をして話にならなければ離婚訴訟に持って行くんだな。それから、刑事では傷害罪で告訴すればいい。こんな裁判官は国民のためにならないというなら、国会の訴追委員会にかけて弾劾裁判所に訴えて罷免させればいい。方法はいくらもある、元気をお出し」

上司の札幌地裁の部長は、家裁に行くな、警察にも行くなと私に釘をさした、と話すと、伯父は「行ってもいいよ」と言ってくれた。伯父はなかなかの人物で、最高裁に入るべくして入った裁判官の鑑《かがみ》のようだと某新聞社の人物評にも書かれたほど、謹厳実直な判事で、古武士のような風格があった。私はこの伯父の言葉をどれほどありがたく聞いたことか。確かに、法律は苦しむ者のためになくてはならない。法によって彼を懲らしめることができる。

家に帰って私は祖母とも相談した。伯父と祖母は義理の兄妹、しかも祖母の夫、つまり私の祖父は戦前弁護士をしていたので、七〇過ぎの祖母も私のこの〝事件〟については大きな関心を持って心配してくれていた。

「そうねえ、いくら奥野伯父が民事では離婚訴訟、刑事では傷害罪告訴、そして弾劾裁判にかけてもいいと言ってくれてもねえ、相手はヒロチャンの実の父親だよ。それに一度は愛した夫だ、そこまでは考えなさんな。きっと神様が彼をいつかどこかで罰してくれる。あんたはまだ何の力もない一人の主婦、戦ったところで傷つくだけ。ここは逃げるが勝ちだろうよ」

こう諭す祖母の言葉を、現実的には受け止めざるを得なかった。わが子の父を自ら司直の手に渡すのは忍びなかった。それに裁判になったとしたら相手はプロ中のプロ、「どんなことをしてもお前には負けない」と豪語していた。私は傷害罪の告訴については涙を飲んで控えることにした。

裁判官って何だろう。司法界とはどういうところなのか――当時の私には見当もつかなかった。夫の姿を通してみる裁判官の世界と、最高裁を退官した大伯父の言葉には、天地ほども開きがあるように思え、さらにいっそう司法界を識りたいと思った。

男の弁護士に絶望する

離婚の決意は固まった。しかし、その折衝も困難の連続だった。大伯父から紹介された弁護士は、相手が現職の裁判官と知ってためらう者もいたし、はっきり断る者もいた。何人かの弁護士と相談したが、私の思いをきちんと受け止めてくれる人は少なかった。「離婚なんかしても、あなたが損するばかりだ」と、とりあおうとしない弁護士もいた。それどころか、「裁判官だって男なんだから、妻を殴ることはあるだろうよ」と、夫に同情的な言葉を発する弁護士もいた。夫の暴力が原因で結婚生活が続けられないというのは、妻のわがままである、という認識しかもてないらしい。こんな弁護士に頼むわけにはいかない、と見切りをつけ、また別の弁護士を探さなくてはならなかった。生命にかかわるほどの暴力なのだと、いくら説明しても信じてもらえない。病院から診断書を取って弁護士事務所に持って行っているというのにだ。私はあの〝傷害事件〟のとき、自分の顔の写真を撮っておかなかったことを、心から口惜しいと思った。

あの七月四日の朝八時、私は夫の手拳で〝被爆〟した。あの被爆直後の写真を私は誰にも撮ってもらえなかった。外に漏らしたらいけない、家の恥を夫の不始末を他人に知られたら、私も子どもも生きていけないから……。痛みをこらえて這って鏡台に写った自分の顔にはただ腰を抜かして驚いた。なんという醜さ。しかし、それでも後日のために写真を撮らねばとは思いもしなかった。あの醜く腫れ上がり、この世のものとも思えぬ恐ろしいお岩の顔写真が、もし一枚でも撮ってあったなら、おそらく彼は裁判官を辞めざるを得なくなっていたのではないか。あれだけの惨状写真が残っていたら、札幌地裁の判事もどこの弁護士も、本件をもっと正しく把握してくれたはずだ。証拠というものの大切さを、私は身に沁みて知った。写真ほどそのときの事実を正直に物語るものはない。私がどれほど言葉で説明しようと、現職裁判官である夫が「いや、女房は大げさですから……」と一言言えば、そっちが正しいと他人は信じた。私は何の資格も社会的地位もない、無知で善良なだけの主婦の悲哀をとことん思い知らされた。

こんな女の気持ちは結局、男の弁護士にはわかってもらえないのか、もし裁判になっても男の裁判官には、この事件の持つ意味は何ひとつ通じないかもしれない——依頼しようとする弁護士にさえ理解されなくて、どうして男の裁判官の正しい判断など期待できようか。男と女は決定的に感性が違うし、立場も違う。

裁判官にも弁護士にも女性がいなくてはならない、とつくづく思った。世の中には男と女が半々ずつ存在している。事件は男も女も起こす。男女の葛藤、男と女のかかわりが犯罪を引き起こすことが多い。それなのに裁判所には、女の裁判官がいったい何人いるのだろう。当時夫の勤務する札幌地裁には一人だけいると聞いていた。彼と同期の女性修習生で裁判官に任官した人が二、三人いたとは聞いたが、それでも全体の一パーセント位だろうか。世の中の割合と同じように、裁判官も男女半々で存在しなくては、国民の権利など護られるはずはないではないか。私はますます司法試験に早く受かって、女性の立場から弁護が出来るようになりたいと焦った。

闘いの離婚

気持ちは前へ向いていくその一方で、離婚の交渉は暗礁に乗り上げていた。せっかく元最高裁判事の奥野伯父が「離婚訴訟をおこしていいよ。入院までするほどの暴行傷害をやっておいて、女房子どもを一方的に追い出したとなりゃ、警察に行って傷害罪で告訴しておくんだな。裁判官として許せないというなら、裁判官訴追委員会にかけたらいいんだ」と言ってくれているのに、具体的に動いてくれる弁護士が見つからない。

マサオの父親は地方大学の法学部長で、地元の家裁の調停委員だ。先輩・同僚など弁護士は掃いて捨てるほど知っている。私に官舎から出ていけと言った晩、マサオは「お前とボクじゃあ、どだい勝負にならないさ。何万人の味方を連れてきたって、ボクに勝てるわけがない」と悪態をついたが、まさしくそれが現実となって迫っていることに私は震えが止まらなかった。

彼を私に紹介してくれた遠縁の白井判事が、私のことを心配してマサオ本人を呼び事情を聞いてくれた。判事はその頃、東北の福島市で地裁所長をしておられた。白井判事の話を通して、マサオの意思を聞くことができた。

「離婚の意思は固い。理由は妻に家事能力がないこと。疲れて帰ってきても、ビールを冷やしてなかったり、風呂の焚きつけも自分にやらせる」など、細かいことをくどくどと述べたという。結局、性格の不一致だと言った。白井判事が、子どものことをどうする気か、と問うと「子どもは僕が引き取ります。実家のお袋が面倒を見るから、いいんです」と答えたという。白井判事はそのときのマサオとの問答を詳しく聞かせてくれた。

「そんな勝手なことを言っても、子ども一人育てるのは大変なことなのだ。子どもの手がかからなくなるまで年寄りにみてもらえる保証なんてない。お母さんだって何といわれるかわからない」

「いや、お袋は子ども好きだから大丈夫です」

「そんな簡単に離婚離婚というけれど、訴訟になったらどうする気だ」

「えっ、まさか、訴訟だなんて」と、ここに至って初めて驚きをみせたそうだ。そして急に「そんなことって、あるでしょうか」と気弱な声を出し、「成城にはまだ嫁に行っていない妹もいることだし、まさか……」

「二人でもう一度話し合って、なんとか元のさやにおさまることはできないのか」

「まあ家政婦代わりなら、置いてやってもいいにはいいんですがね。離婚届にハンコを一生押してくれないなら、それはそれまででしょうね」

約半日にわたってマサオは、白井判事宅でこういう話を続けたという。大半が例によって自分はいかに仕事ができるか、それなのに女房は仕事に理解がない、などと熱弁を振るった。そして、女房がイライラさせるので十二指腸潰瘍になった、あいつのせいで死病にさせられた、迷惑している、と胃のあたりを押さえ込んで見せたという。

白井判事は何回も私に電話をかけてきてくださり、「石垣君のいう離婚理由は理由にならないし、たとえ夫婦の性格が違っていたとしても、それで相手が悪いと決めつける石垣は間違っている。この際、徹底的に考え方を直させないといけない」と相当立腹しておられた。

しかし、二人きりの話し合いはとうてい無理だと誰もが感じていた。私はあの暴力を思い出すだけで体が震え、誰かが立ち合ってくれたとしてももう直接会う気にはなれなかった。

その年の九月、判事補研修（任官三年目の新任裁判官を全国から集めて行う研修）が東京で行われた。マサオも当然上京したはずだったが、成城に立ち寄る気配もなかった。おそらく田舎の親元に帰って、両親とこの離婚の策を練っていたのであろう。二週間後、マサオは再び白井判事宅を訪問し、「離婚の意思は変わらない。白井さんに間に入ってもらうのは迷惑だ。離婚は本人同士でできるから、手を退いてください。もし第三者を入れるなら、法曹関係者は除いてもらいたい」と言ったという。慰謝料などにはまったく触れないので、「奥さんが独り立ちできるようになるまで、何かしら面倒を見なければ、夫として嘘でしょう」と諭すと、「ボクにはまったく金がないから、要求されたら更生資金みたいなものを親父に頼んでみる」と言って、逃げるようにして帰っていった。

白井氏はマサオの無責任で曖昧な態度に再び立腹し、「中村さんのためにどうしてあげることもできなくて申し訳ない」と嘆いていた。

二人の最高裁判事の尽力も空しく

事態は膠着状態だった。心配した奥野伯父が仲人だった大隅健一郎氏へ電話を入れた。石垣の父とは旧知の間柄とかで、大隅氏から直ちにマサオの実家へ連絡が入った。これを受けた石垣の両親は、すぐさま奥野伯父の事務所へ乗り込んできた。義父母が言うには「大隅先生から話を聞いて驚いた。晴天の霹靂とはこのことだ。嫁は休養のため実家に帰したとばかり思っていた。離婚なんて話は聞いていない。あんなことは暴力のうちには入らない。夫婦間では日常茶飯事。世間ではよくあることだ」と。奥野老弁護士の前で、平然としゃべりまくった。

「それを訴訟するだとは、なにごとですか。裁判官を辞めさせるための嫌がらせだろう。もし訴訟に出されたら、家の全財産をなげうっても、何年でも裁判を引き伸ばして、そっちが参るまで抵抗してやる」と脅しまで出る剣幕だ。義父母ともしゃべり出したら止まらないタチで、自分たちの言い分を三時間以上も続けた。結局「離婚は認めない、暴力の事実はない」という主張で、話し合いにならなかった。

この義父は地方大学の法学部の教授だが、癖のある人物として知られ、甲信越のそのあたりでは〝石垣天皇〟と呼ばれていた。このことはマサオ自身の口からよく聞かされていた。この義父が出てくると、まとまる話もまとまらない。大隅・奥野の両氏は相談のうえで「訴訟にはしないであげるから、慰謝料として五〇〇万円くらいは用意するようにしたら」と義父宛ての手紙を書いてくれた。おそらく黙殺だったのだろう。

私の目に後遺症が出て、「回復の見込みはまったくない」という診断書を持って奥野伯父の事務所を訪ねた日から、どれくらい日数がたっただろうか。

最後に義父と私の両親が奥野法律事務所で会った日のことは、忘れようにも忘れられない。義父は私を前にして、「だいたいこの結婚には私は最初から反対だった。同郷の者でなければ、結婚してはいけない。それにこの婦人は家庭婦人には向かない。マサオが右向けといったら、あんたは右を向かなけりゃいかんのです」と、大声でがなりたてた。唖然としている私たちにお構いなしに、「殴った、殴ったというが、夫婦間ではよくあることさね」と続ける。

「でもお父様、後遺症まででたケガですよ」と診断書を見せた。すると突然、「こんな紙切れがナンだって言うんだ！　こんなもの、いくらでも反証できます！」と叫ぶ。立ち上がって震える手で診断書を振りかざし、大暴れを始めた。これには日頃冷静な法律事務所の人たちも、驚いて顔を見合わせた。私は義母から聞かされていたので、「お父様もお母様をよく殴ったりなさったそうですね」と言った。

「失礼な、黙りなさい！」と、窓ガラスが震えるほどの大声で叫び、「誰がそんなことを言った！　私は大学の先生ですよ、先生がそんなことするはずがない！」と声を震わせる。そして興奮のあまり、脈絡のないことを言い出す。「離婚なんて損するのは女性ですよ」「私は家裁の調停委員を二〇年間もしているんですよ。息子の裁判官が離婚したことが表沙汰になったら、もう調停委員もしておられん」などと、止まらなくなった。結局その日はマサオ本人までが「離婚すると言った覚えはない」などと言い出す始末に、私は唖然として言葉も出なかった。自分から「離婚ダ、離婚ダ」と散々言って官舎から追い出しておきながら、親の前でこの変節。

「あなた、それでも裁判官？」

慰謝料や養育費をまったく出す気はなく、そのためにはしばらく放置しておくのが一番、との算段なのだろうか。石垣の親子は共謀して「暴力の事実はない、離婚はない」と言い張り、会談は決裂した。その後も、奥野老弁護士は何度か義父と話し合ってくれたが、いつになっても向こうは「離婚ではない。いまは冷却期間だ」との一点張りだった。平行線のまま、その年を越した。別居後は、マサオ自身からも、私宛ての手紙一通、年賀状一枚こなかった。ヒロの様子を聞いてくることなど、ただの一回とてなかった。我が子よりは裁判官の身分が大事だと明言したのは本当だったのだ。

奥野伯父や大隅氏、そして白井判事ら全員が、義父を窓口にした交渉はもはや時間と労力の無駄でしかない、と理解した。もはや訴訟に出さない限り、けりがつかない、との結論に達した。私が帰京してすでに一年近くたっていた。

信頼できる弁護士は千人の味方

とうとう高校時代の先生の紹介で、大和田先生といういっぷう変わった弁護士に出会った。とても正義感の強い一言居士で、「相手が裁判官だろうが恐れることはない、ひるむこともない。あなたは何も悪くない。暴力は絶対いけない。恥ずべきは彼の方なんだから、堂々としていなさい」と言ってくれた。こんなことを言う弁護士は初めてだった。年輩の弁護士だったが、この先生に出会えたことで、千人の味方を得たような気持ちになれた。

信頼できる弁護士との出会いほど、依頼人にとって心強いことはないということを、このとき身をもって識った。一日も早く信頼される女の弁護士に私はならなくては。このときの弁護士との出会いによっていっそう受験勉強に身が入った。

夫婦は離婚する過程で、人格や人間性を鮮やかに浮かび上がらせる。夫は、司法研修所の元教官で弁護士会会長をねらっている大物弁護士河田氏（仮名）をつけて、私と対決してきた。その弁護士はマサオの研修所時代の担任で、私たちの結婚披露宴にも出席していた人だった。なかなかの政治家で、所属する弁護士会のなかでも評判の高い人らしかった。一方、私の依頼した大和田先生は、事務所を持たず、鞄ひとつで歩きまわり、弁護士会館に依頼者を呼んで仕事をこなす、という地味な古いタイプの先生だった。しかし気性ははっきりしており、間違ったことは許さない、という姿勢は頼もしく感じられた。

交渉は長引き、大和田先生は「調停の申し立てをしなけりゃ、話は進みませんね」と言い始めていた。ところがその翌年、マサオが、こともあろうに東京家庭裁判所に転勤になった。家庭裁判所には、家庭事件を扱う家事部と、少年事件を扱う少年部がある。マサオは少年部の担当とのことだが、勤務先の家庭裁判所でそこに在籍する裁判官の妻からの離婚調停の申立てがきたら、どうなるのだろう。私自身にはためらいがあった。気の毒に思ったのではない。私の方が不利に扱われないとも限らない、という恐れを感じたのだ。何しろ身内をかばい合うのはどこの世界にも共通だからだ。調停申立は控えることにして、両弁護士の辛抱強い交渉が求められた。

しかし交渉を重ねれば重ねるほど、彼の知らなかった人間像が見えて私は絶望した。殴ったことに対する心からの反省は、最後まで聞けなかったし、我が子への愛情も感じられなかった。でも、もう私の気持ちは大きな目標に向かって前進を始めており、少々のトラブルや障害は苦にならなかった。

長引く交渉の過程では、信頼し任せたはずの自分の弁護士にすらもどかしい思いを感じることもあり、不平や不満も生じた。しかしこれも、将来自分が弁護士になったとき必ずや参考になると思えば、すべてが教材である。慰謝料・親権・子の養育費の算定等々について、弁護士同士の交渉には私も必ず同席した。これもまた、後に司法修習生としてやる実習を、自分のケースによって一足早く経験するのだと思った。

約一年半の交渉を経て、子どもの親権を私がとることで離婚は成立した。慰謝料は二〇〇万円、養育費は月々二万円。これを決めるためだけに丸一年以上を要したのだった。初めに元最高裁判事二人から、訴訟にしないからせめて五〇〇万円は出したらどうか、と伝えてあったのだが、先方の弁護士もなかなか手強《ごわ》く、「婚姻期間が短いし、本人はご承知のとおり金は無一文です。実家の父親から借りて払うのですから、二〇〇万が限界です」と言って、一歩も退く気配はない。

「一円の貯金もないのだから、子どものためにせめて毎月千円の貯金をして欲しい」といって殴られた挙句の離婚なのである。夫婦の共有財産などなにひとつなかった。こういう場合、清算型財産分与というものはゼロと考える他はない。あとは専業主婦だった私が乳飲み子を抱えて、今後自立するまでの間の扶養をどう考えてくれるのかである。マサオ本人は「慰謝料だけではなく、更生資金みたいなものを親父に借りる」と言ったようだが、相手の弁護士は「奥さんは大学院まで出ているそうじゃないですか。優秀でおられる。更生資金なんて失礼ですよ」などとうまいことを言って話をはぐらかすのであった。こういうのを優秀な弁護士というのであろうか、憎らしくなった。

もっと辛かったのは養育費の問題だった。昭和四六年から四九年にかけて、物価が狂乱物価と呼ばれるほど高騰した。当時の福田赳夫大蔵大臣が「物価はまさに狂乱している」と評したことから狂乱物価という言葉が流行語になっていた。それに伴い、公務員の給与もあっという間に二倍になっていた。私と同居中は月額四、五万円だった給与が、別居後には一〇万円くらいにまではねあがった。それなのに「養育費は月一万円です」と主張してきかない。「その額では子どもは育てられない」と私の方の弁護士が言うと、「そうですか、では子どもの親権はこちらへお渡しください」とくる。

えっ？　子どもを先方に取られるの！　私はこれを聞いてめまいを覚え、気が遠くなりそうになった。弁護士会館を舞台に、月に一回か二ヵ月に一回、こんな不毛なやりとりが延々と続いたのだった。養育費を出し惜しみ、子どもの親権を楯に使い、月一万円で押し切ろうとするそのやり方は、まさに脅しであって、そんな父親からの養育費ならいらない。子どもは絶対に渡さない。

私も母も必死だった。

日に日に可愛く賢く育っていくヒロを目のあたりにしていると、理由もなく涙がこぼれて仕方がなかった。ハイハイもつかまり立ちも順調にこなし、とうとう独りで歩けたとき、ヒロは自分で手を叩いて喜んだ。こんな良い子をあいつに渡してたまるものか。しかし、親権を脅しに使うその一方で、マサオは「子どもに会いたい」とか「せめて写真を送れ」だのと言うこともなかった。別居してから後、離婚の交渉中もその後も、ただの一度も子どもとの面接を要求してこなかった。「捨てると良い子に育つ」と信じこんでいたのだろう。

「親権を渡せ」というのは単なる駆け引き材料なのだとやっと私が認識するまで、随分と苦しめられた。何しろ彼は策士を自認しており、策を弄するのが得意だった。「成城はなにをやっても策がなさ過ぎる」と、私や私の両親をバカにしていたことも、いまさらながら思い出された。

もういい！　一日も早くきれいサッパリと別れたい。ヒロは中村の子だ。私と私の両親で十分良い子に育てていける！　そう思った頃、交渉はようやく妥結し、離婚は成立となった。結局、相手の職業的立場を考え、家裁にも出さず、訴訟にもせず、弁護士同士の交渉による協議離婚であった。結果的に、はじめに札幌地裁の部長（夫の上司である裁判官）に言われたように警察にも行かず、調停や裁判にもかけなかったわけで、これは私のせめてもの〝温情〟である。

司法試験に合格

一九七五（昭和五〇）年一〇月七日の夕暮れどき、私は地下鉄霞ケ関駅の階段を一段一段、重い足取りで上がっていた。法務省の中庭で掲示板を見るために。しだいに胸はドキドキと打ち始め、息苦しさに倒れそうになるのを私一人で耐えていた。一緒に来てくれる恋人や友人、家族は誰ひとりいなかった。

孤独な戦いだった。家では幼な子が祖母に預けられ、私の帰りを待っている。今回こそ合格して、思いっきり子どもと遊んでやりたい、早く両親を安心させたい、と焦った。離婚成立からすでに丸二年が経とうとしていた。

子どもを一日三時間だけ母に預けて、私は図書館にこもった。家に帰れば育児がきりなく続き、ヒロがヨチヨチ歩きをする横で、私は勉強を続けた。私の目は良くならず、眼鏡をいくつも替えながら、二時間ほど集中して勉強しては子どもと遊び、幼な子が寝たところでまた机に向かうという繰り返しだった。

地下鉄から上がりきって、赤レンガ建ての法務省庁舎のアーチをくぐると、ちょうど合格者名の書かれた掲示板が職員によって中庭に運ばれてくるところだった。なんと大勢の人、人、人なのか。この年の受験生は三万人を超えた。三万人と言えば、当時の後楽園球場の観客席にいるすべての人にあたる。その全員が受けて、そこから四、五百人だけが合格する。まさに六〇倍の倍率。一・五パーセントの確率なので、一〇〇人の受験者中最終合格者は一・五人しかいないのだ。そうと思うと歯の付け根が合わないほど震えがきたものだ。

確かに大学を受けたときよりも、何倍も真剣に勉強した。何しろ私にはチビがいる。私一人で育てなくてはいけない幼児がいる。学生気分の受験生とはワケが違う。「掲示板に私の名は必ず載せる」、そう思って離婚したのだ。かつて夫だった男は、「司法試験なんか集中的に一年も勉強すれば必ず受かる」と豪語していた。しかし一年と言っても、乳呑児《ちのみご》を抱えた一年と、在学中の大学生の一年は同じではない。実際に前年はダメであった。やはり絶対的に勉強時間が不足していては、いくら気合いが入っていてもダメなことを知った。

そのとき、勉強方法はこれでよいのかと振り返ってみた。法学部に学士入学はしたものの、まだ幼い赤ん坊を抱えて毎日、本郷まで通うのは不可能である。往復の通学に二時間以上もかかっていては、勉強の時間がなくなる。母に午前中だけ預かってもらう約束で始めた受験勉強だから、歩いて五分で行ける区立図書館にこもって一人で勉強するのが、一番効率的である。他の受験生は、ゼミと称してグループを作って、わいわい騒ぎながら勉強している人が多い。若い学生だけではなく、社会にいったん出た上で、一念発起して受験しようというオジサンたちも、みんなそういうやり方で勉強している。しかし私の場合は違う。赤ん坊を抱えているのだ。一年はおろか、一日でも一分でも早く合格しなければ。無駄なことはいっさいできない。

図書館での午前中の時間が、私に許された唯一の勉強時間だ。一心不乱に机に向かっているというのに、勉強に疲れたとおぼしき男性の受験生が、なんだかんだと次々に声を掛けてくるのには正直閉口した。「お茶でも飲みに行きませんか」だの、「憲法は一緒に勉強しましょう」だの、「午後はゆっくりした方がいいですよ、映画なんかどうですか」だの、まったくこっちの事情も知らないで、学生気分そのままにデートの申し込みの連続である。

こんなくだらないことで貴重な勉強時間が削られてはたまらない。図書館通いを切り上げて自宅で勉強していると、子どもの声がどうしても聞こえてきてしまう。

「ママは？　ママは？」

「ママはお勉強中よ、そっち行っちゃダメ！」

祖母に叱られて、しょんぼりと私の部屋の前から引き返すヨチヨチ歩きのヒロ。彼の後姿が窓ガラスに映り、心が乱れる。何週間かたって、テレビでアニメの「みなしごハッチ」を見ていたヒロが、テレビに向かって「ママは勉強中だよお」と叫ぶようになった。「みなしごハッチ」が、母親を求めて「ママあ、ママあ」と大きな目から涙を流すシーンを見たときだ。「ハッチにも教えたんだ、ママは勉強中だから泣かないでねって」

親にとって子どもというのは、わからず屋だと閉口するが、賢く物分かりがよいと、うれしさを越えて何だか不憫《ふびん》で、こっちが泣けてしまう。

優れた先輩と仲間を知る

図書館は男がうるさい、家では子どもが気にかかる。私はどこで勉強すればよいのか？　二年目は勉強場所に困った。

法曹教育を専門に行なう法科大学院が発足したのは二〇〇四年、その直前までは司法試験用の予備校やら塾が盛んで、受験生の多くはそうした塾へ通っていたそうだが、私の受験した当時は予備校などはなかった。「もともと国家試験の受験勉強は一人でするもの。大学の授業をきちっと聴いて、あとは図書館にしばらくこもれば合格するさ」と、元・夫は私によく語っていた。エリートを自認する彼とすれば、受験勉強は大変だったなどと私に言いたくなかったのだろう。法律の教科書をいくつか私の前に並べて、「やってみろよ、君なら一年で受かるぞ！」などとけしかけていた。何も知らない私は、本当に一年も真剣に勉強すれば受かるのかと思ってしまったのだが、それは甘かった。実際にやってみれば壁は厚く、とても歯が立ちそうもない。

法律はある程度一人で集中して勉強したら、次は他人と議論し、いろいろな考え方を身につけ説得の技法を学ばなくてはいけない。このことを私は、受験勉強を通して認識した。

「一人きりでこもって勉強することは、今年は止めよう。私も同じ受験生仲間のゼミに入れてもらおう」と心を決めた。

ある先輩から武蔵野市にある「中村法律研究室」というのを紹介された。ここは司法試験の受験生に机と椅子を貸してくれ、二四時間自由に使ってよいというのだ。会議室のような部屋もあり、そこでは一年前に司法試験に合格した先輩をインストラクターとして招き、受験生同士でゼミを行なう。特定の法律問題について意見を述べ合い法律論を戦わすことによって、問題解決の技法を身に付けさせる。

主催者は弁護士の中村護先生といい、受験生からは貸室料も受講料もいっさいとらない。まったくの無償で司法試験を目指す人に手を差し伸べ、環境を与え、自分の力で合格していくようにと、ご自身の法律事務所兼自宅の二階を開放されたそうだ。創立は昭和四〇年代初め頃のことしく、当初はなかなか合格者は出なかったものの、やがてその中から毎年ひとりふたりと合格者が出て、私がお世話になった昭和四九年頃には、年に数人は合格するほどになった。研究室も先生の住居兼事務所の二階のみならず、武蔵野から八王子にかけて一研・二研・三研と研究室を次々に拡げられ、受験生の数は一〇〇名近くまでになっていた。

この中村護先生と出会い、その研究室に入室を許されたことが、その後の私の人生に与えた影響の大きさを語らずにはいられない。先生の人間の大きさ、弁護士にもこれだけの度量の大きさと暖かさを持った方がおられるのだと知った喜びは、如何ばかりであったか。また、この研究室に集まり法律家になった人たちが、私のそれまでに出会った人、つまり夫とは、一五〇度から一八〇度くらい違う世界の人たちであったことに、大きな驚きと感銘を受けた。

司法試験を受けようという人には、二つのタイプがあるようだ。一つは元・夫に代表されるような、まったくの学校秀才たち。現役または一、二年の留年を経験しているが大学以外の社会を知らず、純粋培養のまま司法試験に合格してしまう人たち。この人たちを、いわゆるエリートとしておこう。

他の一つは、私がお世話になった研究室出身の人たち。彼らの多くは大学を卒業し、いったん社会に出たが納得できず、司法試験を志した人たちだ。何年かかってもいいから受かりたいと、アルバイトなどをしながら受験を繰り返す。こちらは学校秀才ではないという意味でノンエリートたちと呼ぶことにする。研究室で私が出会った人たちは、頭の回転という点では、エリートには負ける。しかし彼らは世の中をよく識っていた。学校の警備員をしたり、教師をしたり、法律事務所の事務員をしながら受験勉強をしていた。その多くはすでに結婚し、子どももありながらなお受験勉強をしている人もいた。奥さんたちも、保母をしたり、パートに出ていたり、生活をしっかりと始めている人たちだった。

私は大学を出て大学院のときに結婚してしまっていただけに、世の中を知らず、こうしたたくましい野趣にあふれた人間に出会って人生観が変わった。それまで頭でっかちの世間知らずで、ブランド好みでエリート好きの嫌らしい女であった自分に、改めてショックを受け、恥ずかしさで身が竦《すく》んだ。

受験勉強もさることながら、ここでの人間同士のふれ合いは、結婚生活とその後の離婚によって傷ついた私の心を癒し、慰め、励ましてくれた。女性の入室は私が初めてとのことで、最初は戸惑いもあったようだ。私にとって彼らが珍しかったと同様に、彼らにとっても私という存在は珍しく、気になる存在だったようだ。年齢は二〇代後半、細身でいかにも華奢だ。結婚するまではぷくぷくと小太り気味だった私は、あの出産から離婚に至るまでの人生の大波に揉まれて、すっかり痩せぎすの体になってしまっていた。仲間として加わったばかりでやや控え目なところがあり、雰囲気的にもちょっと近づきにくい。どことなく〝姫〟と呼びたいような感じがして、もちろん未婚だろうと思っていると、なんと子連れだと聞いてビックリした。……研究室の仲間同士でそんな評定《ひょうじょう》をしていたことを、随分あとになってから笑い話に交えて聞かされた。

しかし「話してみると思ったよりは気さくで、だんだん慣れるにしたがって親しみのもてる人柄と分かったね」と言ってくれる仲間の男性もあちこちから現われて、何かと大切にしてくれた。ここでは勉強のことのみならず、男と女の原点を語る機会も得た。私はそれまで時間の無駄だとばかり排除してきた男女の対話の妙味が深い歓びにつながることに気づかされた。それらが私の人生の幅をどれほど拡げ、豊かにしてくれるものかを知ったことで、受験勉強にもいっそう集中できるようになった。

中村護先生は直接ゼミの授業はされなかったが、大勢の受験生たちのことを一人一人よく気にかけておられた。誰がどんな事情でどんな立場でこの試験に取り組んでいるのか、じっと黙って観察しておられた。そして廊下ですれ違いざまに一言「やってますね」など声をかけられると、身体が震えるほどうれしく思ったものだ。大きな無償の愛情、司法試験という世にも苛酷な難関に挑みつつある後輩への、先生の愛情がひしひしと伝わり、感動と感謝から身体が震えた。中村先生のような法曹人は珍しい。いや、皆無に違いない。

競争相手になる弁護士を育て、何らの見返りも要求されない。その人物の大きさには、三〇年以上たったいまも尊敬と感謝の気持ちは変わらない。私が初めて先生の門を叩いたときには、まだ四〇代の壮年弁護士でいらした。私がその直前、自分の離婚交渉のために探し回り、紹介され出会ったどの弁護士よりも、いい顔をしておられた。欲得を離れた人間だけが持つお顔であった。その後も少しも変わってはおられなかったが、残念なことに二〇〇八年九月に八〇歳で亡くなられた。

ノンエリートの仲間たちが私にどれほど大きな力を貸してくれたか、つぶさに語るゆとりは今はない。ただ司法界には、元・夫に代表されるエリートたちと、この研究室の仲間のノンエリートたちという、両極の人が合格するのだと身をもって知った。法曹界がどういうところなのか、元・夫を通してしか見えなかった世界が、また一つわかったような気がした。

「ママは君を育ててあげられる！」

一年間はあっという間にたった。今年は二回目。何としても入らなくては、と焦る。早く落ち着いた生活を得て、子どもを幼稚園に入れてやりたい。思いきり絵本を読んでやりたい。小さな自転車に乗せてやりたい。ヒロが二、三歳のもっとも可愛い盛りを、私は受験勉強で十分にみてやれなかった。

私の母はこの孫とは四廻り、四八歳しか違わない若い祖母であった。私が勉強している間、孫を連れてデパートやら遊園地やらへ行くと、「少し遅いお子さんですか」と声をかけられることはあっても、絶対におばあちゃんとは見られないことが、母を嬉しくさせていた。本当に自分の末っ子のようにして、懸命に育ててくれた。父も当時はまだ五〇代前半で、同年代のなかでは一番早くおじいちゃんになってしまった、と笑いつつも、「自分には娘しかいなかったから、男の子は可愛い、息子同然だ」と、ヒロの成長をずっと支えてくれていた。

そんななかで私は勉強に集中できた。両親のおかげで生活費の心配はまったくしないで済んだ。父は中央官庁をすでに退官して外郭団体の常務理事を務めており、他にアパートの収入も少しあったことから、司法試験に合格するまでのヒロと私の生活は全面的に父母の支援によっていた。

しかし、そうは言っても早く受かりたい。子どもには父親のことを何と言って説明しようか。私は今はとても駄目だ。冷静にマサオを見られるようになるまでは、話すまい。私にしっかりした職業ができてそれからでなくては……。

ヒロも三歳くらいになると隣近所の子どもたちと遊ぶようになった。ある日、「ヒロちゃん、お父さんはいないの」と隣りのちよちゃんが素朴な質問をしてきた。ヒロは平気な顔をして「ジイジ、ジイジ」と私の父を指差している。私は、思わず涙で目の前が見えなくなった。「お父さんは?」と四歳の女の子に言われて、私が泣くことはないじゃないか、と自分に言い聞かせるのだが、涙は止まらない。ちょうどその頃だったか、「パパ、パパってなあに?　ママの名前?」と私に聞いて来たことがあった。言葉を覚えるのが早い子だったが、パパという存在が分からず、不思議に思えたのだろう。私は自分で父のことをパパと呼んでいながら、ヒロには「ジイジ」と呼ばせていた矛盾に気づき、あっ、私のせいで子どもに二重に可哀相な思いをさせてしまったと、また涙ぐんだ。

とにかく何が何でも早く合格しよう。受かりさえしたら我が子にいろいろなことを教えてやろう。子どもと一緒に旅にも出たい。英語もフランス語もしゃべれるようにさせてやろう。計画は山とある。大丈夫、もう今年は受かるのだから、と毎日のように自分で自分に暗示をかけて挑んだ今年だった……あっ、あった、やっぱりあった!

心の隅では必ず受かっていると思っていた。完璧な論文ではなかったが、それなりに力いっぱい私の主張を展開する論文を提出できたし、一週間続いた面接試験でも、面接官とにこやかに対話をして、よい雰囲気のうちに終了していた。やっぱり合格していたのだ！

あちこちで歓声が上がるのが聞こえる。輪の中心にいる人を見ても、誰一人知っている顔はない。一人だけ、面接試験のとき同じ教室にいた記憶がある松葉杖をついた受験生が、目に止まった。あのような不自由な身体で、彼も今日まで頑張ってきたのだ、と思うと急に目頭が熱くなる。私一人じゃない、みんなみんなここにいる受験生は苛酷な運命と戦ってきた人ばかりだ。一人一人の司法試験受験生の過去には、人生の悲劇や苦悩が詰まっている。ひとつひとつが小説に相当するドラマに違いない。

胸がいっぱいになりながら、公衆電話を探す。法務省と地下鉄の入り口の側にある公衆電話には、すでに数人が列をなしている。合格を知った人はまず家族へ電話するのだろう。私も父母と祖母に一刻も早く知らせたい。何よりも子どもの声が聞きたい。

順番がまわってきた。埃臭い電話機に向かって、私は叫んでいた。

「ママは入ったぞ！　ママは合格したぞ！　もう大丈夫、ママは君を立派に育ててあげられる！」

［第五章］司法研修所時代は女性差別発言に揺れた

私の青空

合格発表があった一〇月から翌年の四月に司法研修所に入所するまでの半年間は、「私の青空」そのものだった。結婚後間もなく始まった夫との葛藤の日々、出産、暴行傷害、離婚、そして受験と続いた灰色の五年間がようやく終わったのである。――ああ、私にも青空があったのだ、合格直後の秋晴れの空を、なんと輝くばかりの美しさだろうと心底思い、心行くまで子どもを抱きしめながらまぶしく見上げた記憶がある。

それからの半年間に、私は世界を識る旅にでた。三回の海外旅行を、あるときは独りで、またあるときは家族とともに体験した。最初はヨーロッパ。ロンドンを振り出しに、パリ、ローマ、フィレンツェ、ヴェネツィア、ウィーンへと、私のかつての恋人、西洋美術史を訪ねる旅であった。約一ヵ月間、独りで列車や飛行機を乗り継いでヨーロッパの主要な美術館、教会や宗教遺跡、宮殿、古城などをくまなく見て周り、私は感動で震えが止まらなかった。堪能した。法律書を初めて読んで、その論理構成に圧倒され感動に打ちのめされたのと同じように、しかし逆の意味での感動が、この旅でよみがえった。その一方で、かわいそうにこんな因果な母を持って、四歳のヒロはまた祖母とお留守番であった。

その次は家族旅行だった。その年のクリスマスからお正月にかけて、家族じゅうでハワイで過ごした。私の両親とヒロとの四人で過ごした海外での休日は、最高に幸せだった。古くから「残酷試験とは司法試験のことなり」といわれたその試験にともかくも合格したことは、私の家族にとって大いにめでたいことだったし、私も両親への感謝を込めてこの二週間の休暇を設けたのだった。幼いヒロの記憶には残っていないかもしれないが、幼いなりに「日本と違う木やお花が多いね」とか、「風が違う」「空気の匂いが違う」と、外国を肌で感じてはしゃいでいた。私の心のささくれが、この家族旅行でどれほど癒されたか、とても語り尽くせない。

ついで三月、いよいよ司法研修所へ入る直前の一ヵ月間、私はアメリカ横断の旅をした。西海岸から入り、広大なロッキー山脈を超えて東海岸に到達すると、まるで何年も前からこの国で暮らしていたような錯覚を覚える。ヨーロッパのような芸術の香りはないが、気さくで親しみやすい。マンハッタンを独りで闊歩していると、昨日着いたばかりの〝おのぼりさん〟である私に、外人が道を尋ねてくる。私は地図を頭に叩き込んでいるので、平気な顔で道を教えてやることができる。こんな国なら、弁護士になってこの街で働くのもいいかな、ヒロは付いてくるかな、などと思う。

この三回の海外旅行の合間には、司法研修所に入る準備として法律の勉強もしたし、恋もした。学生時代のクラブの先輩である鈴木さん（仮名）が、十年ぶりに突然訪ねて来て、正式にプロポーズしたのにはかなり動揺した。「子どもがいるから」と口ごもる私に、「外国から帰ってきたお父さん、ということにしたらいいじゃないか。本当のお父さんの記憶は、まったくないのでしょう。まだ小さいから僕が本当のお父さんになってあげるよ」と言ってくれた。

ありがたい話だ。私も三〇歳になったところだったから、再婚のチャンスか、と思わないではなかった。しかし、弁護士への道はまだ半ばである。せめて司法修習が修了するまであと二年は待って欲しい。その間に私ももう一度、自分を見つめ直したいから、とお断りした。「もう二年は待てない」と彼はかなりごねていたが、しばらくして去っていった。私が赤ん坊を抱えて受験勉強に悪戦苦闘している間は、声ひとつかけてこなかった男だ。なぜ試験に合格したらやってきて、「もう待てない」だなんて言うのか。私は彼の真意をはかりかねた。私は本当に自立するまでは、恋はしても結婚はすまいと心に誓った。結婚によって自分の志す仕事が中途半端なものになるのは、初婚のときだけでたくさんだ。

こうして入所までの半年の時間は、瞬く間に過ぎた。

司法研修所へ入る

東京都文京区湯島には、白梅と合格祈願で知られる湯島天神がある。通りをはさんだその向かい側、巨木のうっそうと生い繁る旧岩崎邸跡は、現在は東京都の公園になっているが、私が司法試験に合格した昭和五〇年代には、そこに最高裁判所司法研修所があった。ここは裁判官、検察官、弁護士を養成する国の唯一の法曹養育機関として、戦後の昭和二二（一九四七）年に最高裁判所のもとに設けられたものである。

司法試験に合格した者は「司法修習生」となって、ここで二年間（平成一二年からは一年半に短縮され、さらに平成18年の新司法試験実施後からはわずか一年間に短縮された）、法律家になるための教育を受け、最後の卒業試験（これを最初の司法試験に対して二回目の国家試験という意味で、通称〝二回試験〟と呼ばれている）に合格して初めて一人前の法律家になる。

裁判官、検察官、弁護士をあわせて法曹三者と呼ぶ。法曹を目指す者は二年間にそのすべてになるための研修を受け、最終的には本人の希望によって（しかし希望しても裁判官になれない者もいる）、卒業時にそのどれかを選択して法律家として世に出る。

私が修習生になった当時は、毎年およそ一〇〇名の裁判官、五〇名から七〇名の検察官、三〇〇名から三五〇名の弁護士が司法研修所から巣立っていた。初めから弁護士志望と決めていた私も、司法研修所では裁判官研修も検察官の見習いもすべてこなし、どの法律家にもなれるように訓練を受けるのである。この仕組みには戦後の司法界が目指した「法曹一元」という理想が反映されていた。「裁判官、検察官」の司法官僚と、「在野の弁護士たち」という戦前のありかたを廃して、三者が同じ釜のメシを食べながら学びあう研修所こそは、まさにその理想を具現化したものと考えられていた。

司法修習の目的は、「法律に関する知識と実務を身につけることは勿論、人間としても豊かな知識と円満な常識を養い、裁判官、検察官、弁護士にふさわしい品位と能力を備えること」と定められている。司法修習生の指導にあたる教官は、現職の裁判官、検察官、そして主に東京にいる現職の弁護士のなかから選ばれていた。研修所の所長や事務局長も当然現職の裁判官であり、裁判官たちのなかでもエリート中のエリートである。そういう彼らが研修所教官になることは大変名誉なことであり、出世コースに乗っていることの証しとされていた。

私も元・夫から、研修所の担任教官の話をよく聞かされていた。教官ひとりひとりがどれほど優秀で人格識見に優れているか。そんな第一線の裁判教官から指導を受ける修習生たちはとても幸せなのだという話は、寝物語にさえよく出てきた。

各クラスには民事裁判担当（民裁教官）、刑事裁判担当（刑裁教官）の二人の裁判教官と、検察実務を教える検察教官、他に民事弁護・刑事弁護を教える二人の弁護士教官の計五名がつく。昭和四〇年代から五〇年代には、毎年約五〇〇名（私のときは四六一名だった）が司法試験に合格していた。その修習生は一〇クラスに分けられ、一クラス約五〇名について五名の担任がつき、入れ替わり立ち替わり修習生に裁判や検察、弁護の指導をするのである。大学の延長のような環境で、講義を受けたり、起案といって判決や起訴状、弁論要旨などの文書作成の特訓を、まるで手をとるようにして受けるのである。

女性差別発言事件の持つ意味

私が入所した一九七六（昭和五一）年は、終戦後の一九四七（昭和二二）年に入所した司法修習生第一期生から数えて、ちょうど三〇年目にあたる。私はその第三〇期生のひとりであった。

この第三〇期の司法研修は、司法研修所の歴史の中でも絶対に忘れることのできない〝大事件〟のあった年である。

それは裁判教官による女性差別発言が相次いだことで、私の同期の女性修習生数人が直接の被害に遭遇し、研修所は大騒ぎになった。それを受けて男子修習生を含む私たち全修習生は連日連夜討論会に明け暮れる事態となった。やがて新聞でも大きく取り上げられ、先輩の女性弁護士たちも加わり、「憲法を守る法曹を養成する司法研修所で、このような憲法を無視した教育が行なわれている実態は許せない！」と、運動は全国へ拡がっていった。

そしてついには、衆議院の法務委員会に調査を申し入れるとともに、女性差別発言をした四名の裁判教官は裁判官として不適格であるとして、国会の訴追委員会にかけられるという一大事件になったのである。

しかし、これだけの大事件が起こったにも関わらず、この話はその後ピタリと、なりを潜めた。〝女性差別発言には、触れたら最後、一大事〟と、司法当局は学習したのである。当局ばかりではない。弁護士会も相当な男社会で、当時は女性修習生を採用したがらない法律事務所はいくらもあった。女性差別には本音と建前の大きな乖離《かいり》があって、司法界では誰もがこの問題に触れるのを警戒していた。その結果、この裁判教官による女性差別発言自体、「女性と司法」をめぐる論議のなかでも、これまで正式には触れられてこなかった。おそらく今後、戦後司法の変遷を語る際にも、最高裁側からは語られることはないであろう。それだけに私は、現実に体験した一人として、いまここに、三〇余年ぶりに初めてことの詳細を記しておかなくてはと思う。

「能力を腐らせろ」

それは研修が始まって間もない四月二七日、ソフトボール大会の後におこなわれた懇親会の席で、幕が切って落とされた。私と同じ組のK子さんが、顔を真っ赤にして半分泣き顔で私のところへ飛んできた。

「いまね、刑裁教官の中島（仮名）先生から、こんなことを言われたの。『あなたも二年間は最高裁から給料もらってもいいけど、二年経って修習を終えたら裁判官や検事や弁護士になろうなんて思わないで、修習して得た能力を家庭に入って腐らせて、子どものために使うのがもっとも幸せな生き方なんだよ』ですって！」

「なんですって？」と、私は一瞬、耳を疑った。「担任教官がそんなこと、面と向かって言ったの？　で、あなたはなんて答えたの？」、立て続けに私は質問した。

「私は『研修所を卒業したら法律家の道を進むつもりです』って言ったのよ。そしたらゲンボウ（その教官のあだ名）ったら『日本はますます悪くなるねえ』だって！」

私たち三〇期生は総勢四六一名、そのうち女性は三一名。一組から九組まで各クラス三名ずつ、一〇組だけが一人多くて四名という構成になっていた。同じクラスの女子修習生三名はいつも一緒に行動し、よく話し合っていた。同じ組のK子さんは二六歳で独身、私を姉のように思い、何かにつけてよく相談を持ちかけてくれていた。私は彼女に返す言葉がなかった。

「教官も男なのよ。裁判所は男の世界と思い込んでいるから、若い女性が男性社会に飛び込んでどうするつもり、とでもいいたいのね」私もその昔、女が東大なんかに入ってどうするつもりだ、とよく詰問されたことを思い出した。時代はちっとも変わっていない。十年一日の如しだ。

しかし、当時の東大教授たちは私たちに面と向かってそこまで言わなかった。学問はしっかりしなさい、と言ってくれていた。それなのに司法研修所の教官、しかも裁判官が「研修所を出たら女は家庭に入れ、能力は腐らせろ、子どものために堆肥になれだと……。「やっぱり女性差別か」、と私はすでに忘れかけていた元・夫の面影が急に目に浮かび、その声まで耳に届いてくるようだった。「そんなことを裁判教官が直接、修習生に言うなんてね。対応に気をつけた方がよさそうね。また、何か変なこと言われたら一緒に考えよう」と、K子さんにそう言ってなだめるのが精一杯だった。

「受かって親は嘆いたでしょう」

それからちょうど一ヵ月が過ぎた五月二八日、今度は私とは別のクラスの第一組でこんなことが起こった。当時の司法研修所の修習ではときどき、見学旅行が入っていた。判決書きや弁護のための準備書面の作成など、実務訓練を受けるいわゆる座学の合い間に、各地の刑務所や鑑別所を見学したり、民間の工場などを訪ねるカリキュラムが組まれている。そうした研修所を離れる場合の旅行も公式日程で、修習生は必ず参加しなければならない。旅費も国から支給される。つまり朝から夜中まで、見学旅行中は純然たる公務中として扱われていた。

三〇期一組のこのクラスの修習生は、五人の教官と事務局長（研修所では所長に次ぐ地位にあり、現職の裁判官）とともに、静岡県沼津にある工場へ見学旅行に出発した。このとき東海道線の列車の中で、山木（仮名）刑事裁判教官は自分の座席のボックスにクラスの女性修習生三名を一人ずつ呼び出した。そして各人に三〇分ほどかけて、次のようなことを言ったのだ。

A子さんには開口一番、

「君が司法試験に合格して、ご両親はさぞ嘆いたでしょうなあ」

といった。驚いた彼女が教官の顔を凝視すると、さらに続けて、

「日本民族の伝統を継承していくことは、大切なことだと思いませんか。女性は家庭に入って子どもを育てる役割がありますよね。研修所を出ても裁判官や検事、弁護士になるなど考えないで、研修所にいる間はおとなしく過ごして、卒業したら家庭に入って良い奥さんになる方が、よっぽどいいですよ」と語った。

A子さんの真向かいの席で話を聞いていた研修所事務局長の川端（仮名）裁判官も同調し、「教官はこんなことまで教えてくれる、ありがたいですね」と間抜けなあいづちまで打った。山木教官はひとしきり持論を展開し、彼女に言い聞かせ終えたとみるや、「では次はBさんを呼んで」と言い、A子さんをさがらせた。

そしてB子さんが現れると列車の教官二名が座っているボックス席の向いに座らせて、同じように「親ごさんは司法試験に合格して、嘆かなかったかね？」と尋ねた。B子さんはもと高校の教師をしていたベテランである。その彼女に向かって、「僕は勉強好きな女性は好きじゃない。勉強好きの女性は議論好きで、理屈を言うから嫌いだ」と吐き捨てるように言った。

さらに三人目のC子さんも呼ばれた。前の二人と同じように質問をし始めた。

「君が司法試験を受けるとき、ご両親は反対しなかったか」

「司法試験に受かったら、お嫁に行けなくなることもあるのに、受かったときご両親は嘆いたのではないか」

「結婚する気はあるのか」

「なぜ司法試験を受けたのか」

「司法試験でなくても、他に職業はあったのではないか」

などと問い詰めた。川端事務局長も同じ席にい続け、担任教官と女性修習生の話を聞いていた。C子さんが「両親は、女性も職業を持って生きるのがよいことだと考えていますから」とまじめに答えると、山木教官は「君の親はどういうしつけをしているのか！」と声をあらげた。

「司法界に女の進出は許さない」

列車はやがて沼津に到着。昼から夕刻まで、ある民間の工場を見学した。この見学旅行は一泊の予定で行なわれ、宿泊先では懇親会も開かれた。その席上、川端事務局長は一〇人ほどの男の修習生ばかりが近くにいることを確かめたうえで、彼らに対してはっきりこう言った。

「男が命をかける司法界に、女が進出するのは許せない！」

「女は裁判するのは適さない」

これを聞いた男性修習生のひとりが、

「僕は裁判官志望だが、女性でも裁判をすることは出来るし、そういう偏見を持つのはおかしいのではないですか」

と反論した。

すると事務局長は、その修習生をきっとにらみつけ、

「そういう考えを持つヤツを、私はいじめてやる！」

と言った。その場にいた一〇名ほどの修習生は、この光景を何十年も経ったいまでも忘れていないと言う。

列車内で起きた女性差別発言のニュースは、翌日直接、彼女たち本人から私たち同期の女性修習生の耳にまず伝えられた。私と同じ組のK子さんのときより、さらに一層ハッキリとしたしかもクラスの女性三名全員に対する差別発言に、みな一斉に反発した。これを聞きつけた男子修習生も驚きの声をあげ、このニュースはつぎつぎと他のクラスへと伝えられた。地方出身の修習生は千葉県松戸にある研修所の寮に入って暮らしていたが、旅行から帰った翌日には寮内で夜を徹して討論会が開かれた。

「女性修習生だけの問題じゃないぞ」

「これが研修所の体質か。裁判官として言っていいことと悪いことがある」

「いや、裁判教官としての発言が悪いんじゃない。そういう女性差別意識を持つこと自体が問題なんだ」

という喧々囂々《けんけんごうごう》の討論は、寮での集会から各クラス討論へと拡大していった。

「女に裁判なんてわからない」

当時の研修所では、修習生が教官の自宅を訪問することがよく行なわれていた。先輩法曹の私的生活に触れさせ、全人格的教育をしようという配慮だったのか、研修所当局も積極的にこの教官宅への訪問をすすめていた。元・夫マサオは教官でもないのに、「修習生時代に先輩の裁判官から家庭訪問をさせてもらって世話になったのだから、自分も修習生を自宅に呼びたい」と言っては、札幌市の官舎に大勢の修習生を招いていた。私はそのたびに酒や手料理で大忙しだったが、それはそれで結構楽しかった。酒が入れば本音が出る。自宅でくつろぐ裁判官に接すると、その人となりが分かる。奥さんを見れば、またその人間が見える。「若い修習生にルミを見せてやりたいんだよ」などと、機嫌のよいときにはそんなことも言っていた。あれから数年、今度は私がその裁判官宅を訪問させてもらう側に回ろうとは……。

それはともかく、この裁判官宅訪問もまた物議をかもした。最高裁は教官宅訪問を司法修習の一環ととらえるあまりか、入所式に配布される「司法修習生心得」という修身本には、「教官宅訪問の際には手土産を持参するように」とまで書かれていた。司法修習生といえば、平均年齢二七、八歳の大人である。小中学生ではあるまいし「手土産を持って訪問せよ」との指示にはみな呆れて、非難ごうごうであった。当時の最高裁の修習生への管理や締め付け、生活干渉は相当なものがあり、我々修習生は常に監視されているような窮屈さを感じていた。

しかし考えようによっては、マスプロ教育とは対極にある気の配り方で、司法試験だけでは判断できない法律家の資質を見抜き、全人教育を目指そうとした当時の法曹教育の姿勢は評価されて良いのかと思う。

教官の方でも修習生の人物評価をし、最高裁の求めている裁判官像に合うかどうかを判定するには、教室だけでは不十分である。そこで教官宅への訪問はなかば義務的に行なわれ、ローテーションを組み一回一〇名ずつくらい、数回に分けてクラスのほぼ全員が教官宅訪問を行なうように仕組まれていた。

昭和五一年五月二六日、八組の修習生一〇名ほどが担任の大谷（仮名）民事裁判教官の自宅を訪ねた。いろいろな話をしながら、ある女性修習生が

「女性に対する〝任官差別〟があると聞いていますが、どうなんですか」と尋ねた。同教官は、

「女性裁判官は生理休暇などで休むから、他の裁判官に迷惑をかける。女性弁護士も迷惑をかける点では同じでしょう。僕も合議体（三人の裁判官で裁判をするチーム）にいたとき、なかに女性がいて迷惑しましたね。地方裁判所の所長クラスが、そういう点で一番迷惑するんですよ」

と答えた。

女性裁判官のために正確に記しておくと、後に最高裁判所事務総局で調べたところ、女性の裁判官で生理休暇をとったという人は、それまで一人もいないということであった。

また、別の教官も自宅訪問の際に、

「女なんかに、裁判はわかりませんよ」と言ったという。こういう話があちこちの組から聞こえてきた。入所早々に、複数の裁判教官から女性修習生に向かって発せられる女性差別発言に、司法研修所は揺れに揺れた。

なお〝任官差別〟とは、女性修習生任官拒否問題ともいわれ、三〇期以前の一九七〇年代前半に盛んに問題になっていたので、ここで若干触れておこう。

前にも記したように、二年間の司法研修を終えると、修習生らは自らの職業として、裁判官、検察官、弁護士の三者のいずれかを選ぶ。任官とは裁判官、検察官になることだが、特に裁判官は成績が良くてエリートでなくてはいけない……といった傾向が顕著で、最高裁は任官者を厳しく選別していた。一九七〇年代まではまだ戦後のレッドパージのなごりも強く、左翼系の思想をもつ青年法律家協会の会員を排除し、同じく女性についても、「歓迎しない」と最高裁は言明していた。

女性を歓迎しない理由として、最高裁側が繰り返し表明していたものはというと、

「第一線の所長が（女性を）歓迎していない」

「夫婦とも裁判官の場合、任地の調整が大変になる」

「妻が夫の足を引っぱる結果になる」

「産前産後の休暇などで仕事に支障が出る」

「労組対策や支部長として多数を統率するのに女性は向かない」

「成績が同じなら女性より男性をとる」

「夫婦二人で志望してきたら、一人は辞退してもらう」

「家庭で妻の全面的サービスを受ける裁判官とそうでない裁判官とでは、仕事の上で違う」

などであった。いずれも一九七〇年から七五年にかけて、当時の最高裁人事局長や研修所の所長ら幹部による発言であった。

一九七六年に入所した私たち女性修習生が、こうした任官差別問題に神経質になっていたのは当然のことであった。

抗議の動き始まる

「裁判教官による女性差別発言は、女性修習生だけの問題ではない。われわれ司法修習生のおかれている研修所全体の問題だ！」

「男だって、裁判教官によるこの女性差別発言を、黙って見逃すわけにはいかない！」

「女性差別発言は、最高裁の根本的な体質をあらわしている」

波紋は大きく広がり、三〇期生の間ではクラスごとの討論会が連日連夜繰り返された。それぞれが熱い思いで意見交換をした。私にとって嬉しかったのは、男子修習生のほとんどが教官による女性差別発言に怒り、わがこととして真剣に議論し、運動を展開していったことである。

もしかすると「司法界は男の世界だから、女は家でメシを炊いていてくれる方がよい」と、内心では思う男性もいたかもしれない。しかし、そういう個人的見解は表に出なかった。なかには「裁判官としての立場と教官としての立場は異なる。差別発言は問題だが、一個人の教官として語ったのではないか」と言う修習生もいたが、すぐに他の修習生によって否定された。

「そうじゃないんだ。そうした差別意識を持つこと自体が問題なんだ。新憲法の精神もわからない人が裁判官になっており、そういう人が研修所の教官として、これからの法曹教育にあたろうとしていることが問題なんだ」

「人権感覚のない最高裁に、国民は裁判をまかせておけるだろうか？　そういう問題意識を持って発言しなかったら、オレたち修習生全体も国民から見放され、ロクな法曹になれないのではないか」

このときの修習生たちの熱気は、三〇年以上経ったいまも私の胸に懐かしく熱くよみがえってくる。私にとっては非常に鮮烈な体験だった。何しろそのほんの三、四年前の私は、裁判官の夫から「女なんて黙っていろ。男は仕事が第一。女は男が仕事しやすいように陰で支えるのが仕事だ。そんなこともわからん女房は殴ってもいい！」と言われ、とうとう本当に殴り殺される寸前までいき、命からがら逃げてきたばかりである。

「男が生命をかける司法界に、女の進出を許してなるものか！」と研修所ナンバーツーの地位にある川端裁判官が言ったとき、修習生仲間は仰天するほど驚いたが、私は正直言ってそれほどは驚かなかった。ああ、元の夫もこんなことを年中言っていたな、と思った。山木教官が入所したばかりの女性修習生に「司法試験に合格して親御さんは嘆いたでしょう」と言ったときも、何だか元・夫の声を聞いているような気がしていた。

当時の裁判官は、多かれ少なかれこういう教官たちと同じような考えを持ち、内心で確信していたに違いない。時はすでに一九七六年、その前年には第一回国際婦人年の世界女性会議がメキシコシティで開かれていたというのに、我が裁判教官たちの頭の中は、「女はどうせ嫁にいくのだから、学問も仕事も腰掛け程度」という意識しかなかった。

いまの若い人たちには信じられないかもしれないが、女の人生において、自立するとか仕事を持って生きるなどという概念はまだまだ認知されていない時代だった。それだけに私は「この差別発言は問題だ」と大騒ぎをする気持ちにはなれなかった。「あら、やっぱり」という妙な納得と、「だから私はこの世界で、命がけで戦わなくてはいけないのだ」という決意が固まっていった。この騒ぎのなかで、私はむしろそっと目立たないよう沈黙を守った。

クラスの仲間たちに対して「離婚して四歳の子どもを育てている」という自己紹介はしたが、元・夫の職業について自分から語ることはしなかった。故意に話さなかったというより、とても口にする気持ちにはなれなかったのだ。この喧騒のなか、私はひたすら仲間の発言の聞き役に回って、「最高裁はおかしい。司法研修所における憲法に違反する教官らの差別的言動は許さない！」と憤って旗を振る先頭には立たなかった。いや、できなかったというのが正直なところだ。

先輩女性法曹の行動

私たち女性修習生は、先輩の女性弁護士たちと時どき交流をもってきた。女性法曹としての問題をはじめとして、将来への見通しやどんな気持ちで事件をあつかっているかなど、教えてもらったり情報交換をしながら、互いに励ましあうことが多かった。何しろ女性弁護士は一九七五年当時、まだ全国に一五〇人ほどしかいなかったし、男社会のなかで女性法曹としてどう生きてきたか、その体験談を聞くだけでも大いに参考になった。

私たち三〇期の女子修習生が、入所まもない四月に、担任の教官から差別発言をうけたことは、先輩の女性弁護士の耳にもいち早く届いた。クラスによっては三人いる女性修習生の全員が一名ずつ次つぎと呼び出され、事実確認をされた。「研修所を出たら家に入りなさい」「親は試験に合格して嘆いているだろう」などと言われ返答に窮した話は、先輩の女性弁護士としても見逃せない事態と受け止め、直ちに行動が開始された。

昭和五一年七月、日本弁護士連合会と衆議院の法務委員会に、女性弁護士一〇二名（その後六〇名追加）の名で調査と抗議を申し入れた。同時に、公開質問状を持って司法研修所の所長に面会を求め、抗議行動に出たのだった。

司法研修所での女性差別発言問題は連日新聞紙上を賑わした。その一部を紹介する。

「司法界に女性進出許せぬ」―研修所で教官〝暴言〟（毎日新聞）

「司法研修所で教官らが〝逆なで〟発言」―差別だワ、許せない。先輩弁護士もカンカン（読売新聞）

「法律家より家庭婦人に。修習生に差別発言。女性弁護士、怒りの抗議」（朝日新聞）

当事者たち

このとき私自身は、教官からこうした差別発言は受けずにすんだ。しかし、本来は尊敬し教えを乞《こ》う教官であるはずなのに、その教官から直接差別発言を受けてしまった同期の女性修習生たちの衝撃や嘆きは、どんなものだっただろうか。高校教師を経験して三〇代後半で研修所に入ったB子さんが、当時の苦しい胸の内を語った記録が私の手元にある。青年法律家協会の三〇期修習生部会が、〝事件〟からほんの半年後の昭和五一年一〇月に発行した冊子だ。長くなるが唯一の記録なので、引用して紹介する。

〈B子さんの談〉

私自身は教官から呼ばれたときに、社会経験をしているから、一般論として　話していく方向にもっていきたいという気持ちがありました。しかし、そうはさせてくれなかった（笑い）。私としてもA子さんにしても、研修所の状況というものを知らなかったものだから、馬鹿正直なくらい、自己紹介や会食の時に、司法試験を受けるにいたった動機というものを話していました。私の場合ですと、（女性であっても）自分の能力を生かして独立してやっていける職業を求めていた。やっと、努力して勉強すれば、対等にやっていける職業として法律家に突き当たり、努力すれば男の人と一緒にやっていける。そういう気持ちで司法試験をうけたということを、四月の入所式できちんと言ってあるわけなんです。

それが汽車の中で山木教官から、「じゃ、君は勉強を好きなのか」と言われたら、「そうじゃありません」とは言えないわけでしょう。「結果的にそうなりましょうか」といわざるを得なかったわけです。

それから、それは私だけではなくて、クラスの女性三人が同じようなことを言われたんです。「親が嘆かなかったか」って。だけれども、そういうものがたとえあったにしたって、それを乗りこえてみな研修所に来ているんですものね。私は研修所に入りまして、子どもさんを育てながら頑張っておられる修習生に接して、本当に敬服しました。ああ皆頑張っているんだなあと思ったんです。

ただね、私だけが言われたんだったら、私はきっと笑って済ましたと思うんです。あの教官の個人的な発言に問題があるということでね。ところが三人が三人ともそういうことを言われて、それから他の各クラスにもあったということで……。最初はほんとうにグチだったんです。だけど各クラスにもそういう事実があったということを聞いて、これは黙っていられない問題だというふうに自分自身としては思えたわけです。

それから最初のときに、笑って済ませばそれでいいことだというふうに考えた自分というものを考えてみると、ある意味では一人で何かをやってきたそういう女性にありがちなことではないかと思うんです。自分はそんなことを言われても、そんなのは無視してやっていけるんだということね。そういうふうに思うのはやっぱり女性同士でも、私はそんなのは持ちたくないんだけれども、エリート意識というか、そういうものがあって、少々のことなら無視してやっていけばそれでいいんだという考え方が、案外多いんじゃないかと思うんです。

ところが、よくよく考えてみると、そういう人間が法律家になって、人の人権侵害というようなことに直面したとき、自分に起こった問題については何も言えなくて、人のことを言えるかと思うんです。

それから、もう一つ、女性差別というのは小さな問題だというのは一種のつかい分けでしょう。そういうことを自分自身として許すべきじゃないと思ったわけです。

いちばんしんどかったのは、ほかのクラスの事実はなかなかつかめなかった。女性全員で会食したときも他のクラスの事実も話されたのですが、それらのことに関してどう思うかという話し合いになったのですが、押し黙ったままの人もけっこういましたね。反応が十分でなかったということで、当事者にしてみたら本当にギリギリの状態だったんです。自分たちがこういうふうに言っているのはおかしいのかと、極端に思えるのね。そういうふうに思うこと自体がおかしいのかというふうに思えてきて、また一方では、そうじゃないんだ、言いたいけれども言わないでいるんだ。自分たちが言うということがやっぱり、大事なんだと。結果的には、いろいろな事実が明らかになり、おかしいと思いながら、何かものを言ったら（最高裁から）不利益を受けるのではないかという恐れで黙っていたけれど、やはりおかしいということで声が高まっていったという状況です。本当に苦しかったけれど、ギリギリのところで考えをぶっつけあえることができて、よかったと思っています。

前述したように、第三〇期の修習生は、全員で四六一名、そのうち女性はたった三一名。大部分は男子修習生だったが、彼らのこの教官による女性差別発言に対する反発は大変なものがあった。詳細は割愛するが、女性修習生だけが騒いだのではなく、「能力を腐らせろはもってのほか」「裁判に男女は関係ない」と、三〇期の全修習生が大同団結して研修所と最高裁に抗議をしたのであった。

このように三〇期女性差別発言は、最高裁判所の戦後史のなかで大きな汚点となった。ところが当時の司法研修所では「当たり前のことを言っただけなのに、何でこんなに騒がれるの？」とけげんな顔をする裁判教官もいるありさまで、「教官という立場上、まずかったかなあ」という程度の認識でしかなかった。国民と裁判所の常識が、すでに大きくズレていたことを、これほど如実に示す事例はめずらしい。私たち女性修習生は、自分が女性としてこの司法界に入り、これから働いていく意義は以前にも増して大きく、かつ厳しいことを身をもって思い知らされたのだった。

法廷に立って学んだこと

湯島の研修所で三ヵ月ほどの研修が終わると、司法修習生たちは全国の地方裁判所に配属され散っていった。私は小さい子どもがいるので東京配属の希望を出し、幸いにも東京地裁への配属が決まった。東京を希望する者は多く、成績優秀者か私のように家族に特別な事情があるものが優先的に決まるといわれていたが、真偽のほどは不明だ。配属される修習生は、地方では各裁判所に一〇名前後で、少ないところでは三名ということもあった。東京では六〇名ほどいたので、四班に分かれての修習であった。

民事裁判、刑事裁判が各四ヵ月、検察庁に四ヵ月、弁護士事務所に四ヵ月とほぼ一年半にわたって実務の修習をうける。見るもの聞くもの、すべてが新鮮で興味深かった。

東京地方裁判所の修習では、昭和四七、八年頃世の中を震撼させた連合赤軍に関わる一連の刑事事件に出会った。また司法試験の受験勉強をしていた最中にテレビ・新聞等を騒がせた刑事事件の被告人たちを目の当たりにして、私は少なからず興奮した。

手配写真として見たことのある顔、聞いたことのある名前の被告人が、法廷に手錠姿で入廷してくるのを、私は裁判官の横に座って見下ろす形で相対する。裁判長席というのは検事や弁護士の立つ法廷の床より五〇センチほど高い。こうやって毎日毎日人を見下ろしていたら、人間性も変わるだろうなあ……と実感した。

あの有名なロッキード事件の被告人たちにも、法廷で何回も出会った。私の隣りの刑事部は元総理大臣田中角栄被告人の担当部だったから、頼み込んで傍聴したこともあった。法廷見学は司法修習生にとって生きた教材そのものであり、当時の東京地裁は昭和四〇年代後半のさまざまな事件をあつかい、さながら「事件の宝庫」と私たち修習生の目には映った。

記録の山と向かい合う

修習生の訓練のひとつに、判決文の起案（もとになる案や文を作ること）を作成するというものがある。生の記録を渡されて、実際の判決の起案を毎日のように書かされた。作成にあたっては、膨大な事件記録の山と対峙《たいじ》する。そうした記録は、結婚していたとき夫が官舎に持ち帰る書類として日常的に目にしてはいた。なかには殺人事件の被害者の凄惨な死体写真や、見るもおぞましい強姦致死事件の実況見分調書もあった。

〝仕事人間〟だった元・夫は、家で夜遅くまで起案をするのだが、機嫌のよいときは私を机の横に座らせて、そうした記録を見せつつ得意げに解説してくれていた。だからいまさら驚くことはないはずだ、と思っていたのだが、それはもうまったく違って見えた。自分自身の仕事としてその記録の山と向かい合うと、裁判官の妻という立場で見たときとは、まったく違う迫力をもって迫ってくることに、正直言って私は仰天してしまった。家庭にいる妻は夫の仕事を内側で支えるとはいえ、責任の重みがまるで違う。男の立場も仕事からくる重圧も「妻には分からない」と男が嘆くのも、あるいは頷けることなのかもしれない。このときばかりは元・夫が当時繰り返していた発言に、妙に納得したのだった。

厳粛な裁判官室の空気

裁判所では刑事部と民事部にはっきり分かれており、東京地裁の場合は民事部が二五、六部、刑事部が一〇部ほどあった（現在は民事部五〇部、刑事部一七部）。そして各部ごとに部長（裁判長）と右陪席（法廷では裁判長から見て右手に座る）と左陪席（左手に座る）の三人の裁判官で構成されている。左が一番若く、次が右だ。ときにはもう一人補助の裁判官が入り四人体制となることもあるが、原則として裁判官三名が一つの裁判官室に入っており、隣りに書記官室がある。書記官は裁判官が仕事をしやすいように記録を整理し、日程の調整をし、裁判のための事務方をつとめる。各部毎に、数名の書記官と、庶務を担当する事務官一、二名が配され、また当時は速記官の女性が二名、各部に必ずいた。法廷での証人尋問の速記をして調書を作成するのだが、現在では録音をパソコンで文書化する方式に変わり、速記官はいなくなった。

裁判官は憲法に明記されているように、法と良心にのみ従って判断を下し、他からの圧力にいっさい左右されないことを保障されている。これこそ「裁判官独立の原則」で、裁判長といえども右陪席・左陪席の若い裁判官の意見を尊重し、干渉したりすることはできない。(しかし後に知ったが、これはあくまで建前で、実際はほとんど全てといってよいほど裁判長の意向に従って判決は決定される、ということだ。ヒラメ裁判官といって裁判官は国民の方ではなく組織の上ばかり見ているという話は、また別書で述べる。)裁判は三人の合議制の事件(少し複雑で当事者の多いものなど)と、裁判官一人で担当する単独事件がある。単独で裁判をすることができるのは、任官して一〇年経った「判事」だけである。

しかし裁判所の人員不足もあり、特例判事補という制度を設け、任官して五年経つと単独の裁判を任せていた。私が結婚していたとき夫はまだ任官して一年目から三年目にすぎず、特例さえついていなかった。そんな若輩者にすぎなかった夫が、自分では相当重い判断を任されているような話を、妻の私にはくり返し語っていたのである。こんな経験がある私にとって、修習生として見る裁判所の構造は、裏の裏までわかっておもしろかった。

静まり返った刑事裁判官室

私が配属された刑事裁判部の柳田部長（裁判長、仮名）は、いつも背を真っ直ぐ伸ばし、見るからに謹厳な老紳士だった。当時は老紳士と見たが、五〇歳をひとつふたつ出たくらいで、現在の私よりも若かったはずだ。ひよっこの修習生の目から見ると、裁判長といえば大御所。自分たちと同じレベルの話などなさるとは思えず、近づき難い雰囲気があった。

毎朝「おはようございます」と挨拶をして机に向かう。夕方五時になれば「今日も一日、ありがとうございました。今日はこれで失礼します」と言って退出する。部長と口をきくことなどほとんどなかった。一日中シーンとした執務室で、ひたすら事件の記録を読み込むのである。

裁判官は毎日法廷に立つことはない。月水金とか火木土（土曜日は出勤したが、開廷はすでになくなっていたかもしれない）とか、法廷の日は、その所属する部によって大体一日おきに決まっている。法廷のない日は終日裁判官室にこもり、記録読みや判決起案をするのである。

元・夫のいた札幌地裁では、法廷のある日以外は宅調日があったが、東京地裁では宅調日をとる裁判官はいなかった。「宅調日に一日おきに家に居られるのはかなわない」と妻たちからの評判が悪いから廃止されたのだ、とも聞いた。あるいは、戦後のある時期に裁判所の建物も不足していて机を置く余裕もなく、一日おきの出勤にしないと裁判官たちは机が使えない。そのため宅調日ができた、という説も耳にした。

宅調日制度は、すでに昭和五〇年代初めには東京地裁では姿を消しており、その宅調に当たる日はじっと裁判官室の机に向かって記録を睨み、会話はなにひとつなく集中するのが模範的裁判官とされていた。

柳田部長はまさにその典型で、一日中ムダ口はきかず、朝と帰り以外は目さえ合わせることもなかった。話し好きで、修習生をつかまえては裁判秘話を聞かせてくれる楽しい部長もいたと、修習生仲間から聞いたこともある。柳田部長が裁判官の典型ではないにしても、主任書記官から「この部長はこれから出世される方ですよ」と耳打ちされていただけに、最高裁が求める裁判官とは彼のような人だったのだろう。

「修習生に休暇はない」

翌年の四月五日はわが子の誕生日、そして小学校入学の日であった。研修所入所のとき全員に配布された「修習生心得」には、「修習生は二四時間、三六五日が修習である。〝休日〟という観念は持ってはならない。休暇は原則無いものと思って二年間の修習に励むよう」との趣旨が記されてあった。休暇は人間が人間らしく生きるための労働者の権利であり、憲法の基本的人権のあらわれとして労働法上も認められたものであるが、修習生はその対象ではないといわんばかりの「修習生心得」である。修習地を離れ、県外へ旅行するときも、最高裁へ許可願をだすようにと「心得」には書かれており、修習生の行動は厳しく制限されていた。ちょっとしたことで「罷免《ひめん》」という事態になることも予想され、日常の行動や言動について、修習生は神経質にならざるを得なかった。

刑事裁判の修習中、こんなことがあった。同じ班のある男子修習生が部長（裁判長）に対して、「お願いがあります。下宿を替えるので、引越します。午前中休ませてください」と言った。部長は「ああ、そうですか。下宿を替わるのは大切なことですね。結構です」と抑揚のないいつもの口調で、しかしはっきり答えた。私はこのやりとりを隣りの席で聞いていたので、意を決して部長に「お願い」にいった。

「四月五日は子どもが小学校に入学します。入学式にいってやりたいので、半日休ませてくださいませんか……」

「……」

部長は絶句した。何分待っても答えはなかった。下宿を替わりたいからという男子修習生には、すぐに「いいでしょう」との返事がありながら、私には、良いとも悪いとも言わない。明らかに驚きと、呆れ。そして「そらごらん、子どもをもって研修所などに来るから、困るのはお前さんだろう」と顔に書いてある。一年前の女性修習生差別発言は、何ひとつ解決されていない。女性のくせに、それも子持ちのくせに、男が生命をかける司法界に入ってくればどういうことになるのか、よく考えろ、ということだったのだ。

私はバカなことを聞いてしまったと後悔した。前年の一連の差別的発言は裁判官全体の発想だということを、私はまだわかっていなかったのだ。元・夫にしても同じ態度をとるに違いない。「女のくせに、母親のくせに、司法研修所などに入るからだ。入学式に行ってやりたいなんて甘えたことを言うな！」という反応は、当然予想すべきだった。下宿を替わることが大切なら、子どもの一世一代の入学式に母として参列することはもっと大切だ、と思った自分の考えの甘さをとことん思い知らされた。裁判所に子どもの話、家庭の話を持ち込んではいけない。私は引き下がった。そしてこのとき以後、事前に理由を言って休暇をとろうなどとはしないことにした。たとえ子どもが熱を出して苦しんでいても、私は本当のことは言うまい。私自身が体調を崩したことにしなくては、休むことはできない。労働者の有給休暇や、最近話題の介護や育児休業制度など、考えることもできない裁判所の修習生の姿がそこにあった。

夜の修習もあった

当時、修習生仲間のみならず教官たちの間でも「夜の修習」という言葉が、公然と使われていた。一般社会の人が聞いたら、怪しげな〝なにか〟を連想しそうな言葉だと思うが、法曹関係者は大真面目で「夜の修習に行って来ます」などと日常的に使っていた。要するに、酒を飲みともに語り、人間性を陶冶《とうや》しようということだ。受験勉強ばかりしてきて頭でっかちで常識無しの修習生が多いから、修習時代はおおいに羽を伸ばしてもらい、毎晩のように飲み会を催して、飲めや唄えの宴会を繰り広げるのである。

現在はどうなっているのか知らないが、検察庁がとくに派手で、夕方も六時を過ぎれば役所のそこここでビールに乾きもののつまみが供され、修習生や若手の検事ばかりか、部長やはては検事正までが一緒になって談笑するのである。修習生といえどもその半年や一年後には法曹界へ入るわけだから、先輩たちも丁重に扱ってくれる。しかも女性となると修習生が五〇人いてもわずかに二、三人しかいないのが当時は普通だったから、いやでも目立ってしまう。部長以上のお偉いさんの隣りに場を占めさせられて、ビールを注いだり、タバコに火をつけたり、まるでホステスまがいのことだって堂々とやっていた。現役で合格してきた若い女性修習生は、慣れないことで嫌だと思っていたかもしれないが、私は嫌がってみても始まらないので、いつもニコニコと男性たちの間で自然に振る舞っていた。

いまであれば「セクハラだ」と当然言われる状況であったが、そんな言葉は三〇年前の日本では存在しなかったし、そういう概念も皆が持ち合わせていなかった。しかし、考えてみれば元・夫は私が赤ん坊を生んだ直後、「手酌でやってね」と言ったことで不機嫌になり、さんざん嫌味を言われたことがあった。やはり裁判所や検察庁のなかで、女性と見れば酌をさせる風習は止めにすべきだろう。職場で対等でなければ、家庭内で男女の対等なんてあり得ないのだから。

私は自分自身の旧い育ちや体質と、頭で考える人権や男女平等の狭間《はざま》で揺れ動きつつ歩んできた自分の半生を、いま不思議な思いで振りかえってみる。

男性たちからのデートの申し込みなど、実際のところ数え切れないほどあった。同輩の修習生はもとより、指導教官や先輩の検事、裁判官なども例外ではなかった。こういう男たちの様子を見ながら、男はみんな同じように獲物を探す動物なのだと感じた。デートの誘いを拒否したら成績に響くのではないかなど、私はほとんど考えなかった。「すみません、でも、子どもが待っていますから……」と言えば、相手はビックリして手をひいてくれることは分かっていたから。

子どものことはどこにいても、私の頭の片隅にあった。夜の修習で帰宅が遅くなる日も多く、祖母にまかせきりの日も少なくなかった。私はヒロの寝顔を見てから床につくことができるが、子どもは私に「おやすみなさい」も言えず、祖母に絵本を読んでもらって寝入るのだ。せめて朝は早く起きて子どもとひと遊びしてやればいいと思うのだが、それがなかなかできなかった。化粧もしなけりゃならない。洋服選びにも気をつかい手間がかかる。

「ねえママ、ガッチャマン買ってもらったよ、見てえ」と、オモチャを抱えて私の部屋までやってくる。「あら！　よかったわね。どうやると動くんだろう。今度の日曜まで待っててね」「いやだ、いま動かしてよ！」……ごめんごめん、今日遅刻したら修習生をくびになっちゃうよ。

こんなこともあった。可愛がっていたプードル犬のナナが死んでしまったのだ。冷たくなって横倒しになったナナを半日も撫でていたヒロ。深大寺にお墓を作った。それから一週間ほどしたある日、「ねえ、ママ、来て見て！ お墓作ったんだよ、パパのお墓だよ」
——砂場には犬のお墓のような、小さな山が築かれていた。私は小さなヒロを強く抱きしめたまま、その場にうずくまってしまった。ヒロは驚いたのか、それ以来パパのお墓の話はぷっつりとしなくなった。

同期の女性修習生のなかに、私より七、八歳年上のF子さんという優しそうな女性がいた。修習中に結婚して、双子が生まれたと聞いていた。そのF子さんに「ご出産、おめでとう」と声をかけると、彼女は涙ぐんで「これで私もやっと佐田検事（仮名）の前に出られるわ」という。いったいどういう意味なのか分からないので、理由を尋ねた。すると、前年に修習生になったばかりの頃、指導教官の佐田検事が彼女に対して「キミはひどい女だね。自分の子どもを置いて婚家を出て、自分だけ幸せになるなんて」と言ったというのだ。「こういってずいぶんいじめられたのよ」と言うではないか。

彼女も離婚経験があり、一人息子を婚家に置いて出されたこと、そして某弁護士と再婚したことなどを、そのとき初めて聞かされた。驚いている私に、「あなたはヒロちゃんを連れて出られたから、まだ良かったのよ。佐田検事にいじめられずに済んだのだから」と言われたときには、声も出なかった。修習生の時代は何につけても、法曹関係者から言われる言葉は一般の人以上にこたえるものだ。まして指導教官が修習生に対してこんなことを言っていたとは、もう絶句するしかない話だった。

しかし、修習生時代の辛い思い出はこの程度のもので、これ以外にはほとんどなかった。私にとっては二度目の学園生活のようで、まるで「青春はよみがえった」かのように思える日々の連続だった。私の研修所時代のアルバムには、若い男子修習生に取り囲まれて、常に仲間の輪の中心でほほえむ私がいる。昼も夜も誘われるままに勉強会に出たり食事や飲み会にも行き、夢のような毎日だった。見るもの聞くものすべてが血肉となり、驚いたり納得したりした。すべてが目指す弁護士への道のりの過程として、充実し輝いていた。

［終章］ 裁くとは

司法研修所の終了式を終えた翌日、日弁連に弁護士登録をした私は、金色に輝くひまわりの徽章（弁護士バッヂ）をもらって、念願の弁護士になった。それから三十有余年、私は女性弁護士として東京の一隅でひたすら歩み続けてきた。この間、親族、相続、不動産、交通事故などの一般事件を中心に、刑事や少年事件も含めて何でもこなした。破産や会社事件、さらにアメリカ留学の体験も活かして渉外や国際離婚、著作権や商標権など社会の動きを反映した事件にもかかわってきた。しかし、なかでももっとも力を込めて我がことして取り組んできたのは、相続や離婚など家族関係法の事案である。こうした活動については請われて出版した『はじめての離婚』（講談社刊）以下、何冊かの著作にまとめているので、関心のある方はお読みいただきたい。

司法改革の二つの疑問

それにしてもいま振り返ると、この三〇年余りの歳月を経て、司法はゆるやかに少しずつその姿を変えてはきた。司法試験に通る女性合格者の割合だけを見ても、三〇パーセント近くになるほど変わってきている。

そして、さらに二一世紀に入った二〇〇一年以降、司法に革命的ともいえる大変革が訪れることなった。その一つが裁判員制度の導入である。

二〇〇九年春から、裁判員制度が発足した。「国民の司法参加」「司法の民主化」という名の下《もと》に、一般国民から抽選で選ばれた裁判員が、重大な刑事裁判を担当することになる。職業裁判官三名と裁判員六名が、死刑・無期、その他の重い懲役刑にあたる罪を犯した被告人を〝裁く〟という、驚くべき制度が実現したのだ。

この変革を目の当たりにして、「裁判官は神様だ。被告人の人生を決する重い仕事だ。よほど頭がよくて人生を深く見極めた特別な人間にしかできない仕事なのだ」と言い続けてやまなかったかつての夫の言葉を、私はいま不思議な気持ちとともに思い出す。

また「女に裁判なんてわからない」「女は裁判官に向いていない」と公然と言ってのけた司法研修所の裁判教官の差別的な発言も、まだ耳から離れてはいない。

私自身が経験したこうした出来事から三〇年と少しの年月がたった。社会のありようは時代とともに変化するとはいえ、この司法に現われた一大変革は、時代の産物として単純に喜ぶべきものなのかどうか。いまの私にはいまだ答えは見えていない。

裁判員裁判は、一般国民に負担をかけないようにとの配慮から、事件の争点を絞り込み、だいたい平均三日間の公判で判決にまでもっていこうとして、最高裁は躍起になっている。そこでは

「緻密にして正確、間違いのない公平適正な判断を」という目標は後退させられている。かつて元・夫のマサオが、膨大な記録の束を毎日自宅まで持ち帰り、朝から夜遅く、いや明け方四時、五時まで精密に読み込み、食事もそこそこに判決書きに没頭し、それこそ心血を注ぐようにして一件一件判断を下していた姿を目の当たりにしていた私には、今回の裁判員制度がとろうとしている実態が、いまだに呑み込めない。もちろん、いくら頭脳明晰にして成績抜群の優秀な職業裁判官だからといって、その判断が常に正しいなどとは言えない。最高の教育と職業訓練を重ねた裁判官であっても、自らを神だと言い、傲慢で不遜、女性や非エリートには「裁判なんて分かるはずはない」と公言する輩などには、国民は裁かれたくはない。

しかし、日本中の大多数の裁判官は、まじめに真剣に裁判に取り組んでいたことは事実だ。寝る間を惜しみ、ゴルフやマージャンなど世俗の遊びも断って、判決書きに心血を注ぐ裁判官がおかただったことも否定はしない。それでも、そうしたプロの判断に国民大衆の判断を入れようという新しい制度がいま生まれてきたのだ。日本人にとって、自国の司法制度としてどちらがよりベターなものであるかは、これからの課題だ。人智を超えた神のみぞ知るべき「裁き」を、誰がどうすることによって国民が納得できるのか、今後の動きに目が離せない思いでいる。

もうひとつ、裁判員制度と並ぶ司法改革の目玉として、法曹人口の拡大化がある。戦後、新憲法の下で新しい司法制度が誕生し、判事、検事、弁護士といういわゆる「法曹三者」になるためには、大学教育を受け、司法試験という国家試験に合格することが第一の要件だった。この司法試験の定員は、長らく年間四、五百名であり、それに対する受験者が三万人もいたため、合格率はわずか一・五～六パーセントに過ぎず、世界中でもっとも難しい試験といわれることさえあった。

そしてこの試験に合格すると、最高裁直属の司法研修所に入り、二年間（平成一二年からは一年半となった）みっちりと法律家になるための訓練を受けないといけない。判事、検事、弁護士のどの道に進もうとも困らぬように、三者間の理解を深めさせるために、研修中は分け隔てのない修習が行なわれていた。戦後の司法の民主化にこの制度が大きく貢献したことは事実であると思う。戦前では判事、検事の司法官僚と弁護士は分かれており、在野の弁護士は官よりは低い位置に置かれていたことからも、研修所の掲げた理念は正しいものであった。

ところが、平成一三（二〇〇一）年になって、小泉政権の一連の構造改革の名の下に、司法改革の掛け声がかかり、あっという間にアメリカ式司法への変革が決まった。アメリカには弁護士が六〇万人もいる。日本はわずか二万人弱だ。アメリカには難しい司法試験などはなく、法科大学院（ロースクール）があって、ここを出た者は七、八割は法律家になる。日本もこのアメリカ型にするべきだ――という単純な呼びかけがあっという間に国会を通過、十分な議論も検証も審理もしないままに法改正はなされた。

この「改正」によって、司法試験合格者を年間三〇〇〇人に増やし、二〇一五年までに法曹人口を全体で五万人に増加させる。このため従来の司法試験は廃止し、司法研修所も期間を一年間のみとし、すべて法科大学院において法曹教育を行なう、ということになった。すでにこの法科大学院は二〇〇四年からスタートしており、新試験による法律家も誕生し、当面、年間二〇〇〇名を超える法科大学院卒の新人が法曹界に入り始めた。二〇一〇年をもって旧試験は（予備試験という形の一部を除いて）完全に廃止されるので、そうなればかつての私のように、子どもを抱えつつ、あるいは働きながら、ほぼ独学で国家試験を目指そうとする者にとっては、大変に厳しい時代になってしまっている。夜間部のあるロースクールもあるにはあるが、いずれにしても時間とお金に余裕のある者しか挑戦は難しい。広い視野と多方面からの人材を法曹界に導入しようという当初の理念がどれだけ活かされるのか、疑問は多い。

また人数が増えることは、質の低下にもつながる。法科大学院の乱立もいわれ、学校経営上の定員増加に過ぎないのではないかと、学生の質そのものが問われる事態になっている。何よりも、なぜ法曹を志すのかという、モチベーションの曖昧な学生が多く見受けられるようになった。

私も現在、某法科大学院で教鞭をとっているが、学生の三分の一くらいは、別の人生を選んだ方がよさそうに、つまり法曹には向いていないのではないかと思える。法律家の道はそれほど易しいものではない。多大な自己犠牲と奉仕の精神がないと、とても他人様の権利など守れるものではないのである。

もちろん私の歩んできたこの三〇年とこれからの時代とでは、社会が要求するものも変化していくことだろう。私は戦後の新憲法がわが国に浸透し、根を張り始めた市民社会とともに生きてきた。男女は平等であり、女も男と同様に仕事をし、社会のなかでその役割を果たし始めた時代とともに戦ってきた。どこへ行っても女性は私一人だった。大学のクラスでも弁護士会の集まりでも国の審議会でも、女性であるという点では常に一人か二人だった。ところがこれからは、法曹界も年間三〇〇〇人が司法試験に合格し、そのうち三分の一としても、およそ一〇〇〇人もが女性という時代である。こういう状況においては、女性弁護士という区別はもはや意味をもたないかもしれない。

しかし、どんなに時代が進もうと、どんなに国際化が進み、グローバル化のなかで弁護士が求められようと、日常の生活や私たち一人一人の人生のなかで起こる夫婦の争い、親子の葛藤、相続や家族間の財産トラブルはなくならない。そしてその解決が、一人一人の人生を大きく左右するものになることが少なくない。そんななかで弁護士に求められるものは、一流のスキルと同時に、スピリットの力である。スピリチュアル・ケアという言葉を医学界では使うようだが、家族間の紛争や法律トラブルの解決においては、スピリチュアル・ケアができない弁護士は依頼者からの本当の信頼は得られないと思う。そしてそれは、知識や弁護技術の差以上に、求められてくるのではないだろうか。

「生き方上手」の日野原先生

スピリチュアル・ケアという点において私が尊敬している大先輩がおられる。二〇〇二年に大ベストセラーとなった『生き方上手』を著され、百歳すぎて尚現役医師として活躍された日野原重明先生。二〇一七年一〇四歳で亡くなられたが、私の最も尊敬する人生の達人だ。

実は私は二〇〇〇年から約十年間、毎年、日野原先生とともに世界の国々を旅していた。「医師と弁護士がなぜ一緒に?」と思われるだろうが、「QOL（人生の質、生命の質）学会」でご一緒させていただいたからである。QOLとは〝クオリティ・オブ・ライフ〟の意味で、長寿社会ではとくにそのクオリティこそ大切にしなくてはならない、という医学研究者の学会がアメリカ・ニューヨーク市のコロンビア大学を中心に活動している。

九〇歳を超えてなお長寿と健康のために、その専門医学の基礎の上に「新老人の会」を二〇〇〇年に立ち上げられ、出版に講演にと大活躍をなさっている日野原医師から、旅行するたびにどれだけ多くのものを私はいただいていたことか――、言葉では言い尽くせないものがある。

私が弁護士として、離婚事件に勝るとも劣らず力を注いできた分野に、相続遺言事件がある。高齢者の人生の質は、健康面と同時に、財産面が大切である。老後の財産管理と遺産や介護の問題は非常に頭の痛い問題で、そのよき対応策が得られるなら、まさにＱＯＬそのものである。私は弁護士であるがそうした見地からこのＱＯＬ学会のメンバーに入れていただいた。日野原先生と親しく元阪大教授の萬代隆先生を中心とした世界の医療介護問題の研究グループ、ＱＯＬ研究会にも、私は弁護士としてはただ一人参加している、日野原先生とともに集まった二〇名ほどのグループでは、医師、看護師、介護士、社会福祉士など多方面から参加し、みんなが心を一つにしてＱＯＬについて学びあい、励ましあって、より良き医療介護の推進活動を続けている。

私のこれからの人生は、この日野原先生の唱導するＱＯＬを、法律の面から充実させていくことだと考えている。女性の寿命はまだまだ延びる。私の祖母は一〇七歳まで元気に生きて、先日穏やかに天寿を全うした。高齢者問題はまさに女性問題である。

女性に優しい司法は、これから二十一世紀に、もっともっと実現させなくてはいけない。それこそＱＯＬの問題である。それもこれも、「女性と司法」の架け橋になるよう、暗中模索の日々である。

夫からの暴力ＤＶを語る

二〇〇三年の秋、毎日新聞の記者が私のところへ取材にきた。何の取材かと聞くと、新聞購読者に毎月無料で配る『毎日夫人』という広報誌に出て欲しい、という。その企画のテーマは「人生二毛作」というのだという。ちなみにその前月号には元総理の細川護熙氏が出ている。二毛作というのは、人生においていくつもの体験をし、充実して生きることを実践している人という意味だという。女性で、しかも主婦から弁護士になった人の半生をぜひ記事にしたい、というのだ。元総理の次とは畏《おそ》れ多いし、第一いまどきは人生二毛作どころか三毛作の方さえおられるでしょうし……と辞退しようとしたが、「とにかく専業主婦がＤＶ夫のもとを逃れて弁護士になった今を取りあげたい。家庭の主婦に勇気と希望が与えられるから」とのことで、私は断われずインタビューに応じた。

発行されて二、三ヵ月経って、その『毎日夫人』を握りしめて事務所に相談に来る方が多いことに驚かされた。なるほど、DVに苦しむ主婦は、一般に報じられている以上に多いのだ。なかにはグシャグシャ、ボロボロになったその冊子を持って来た主婦もいた。「DV夫が、私がこれを見たら大変だと思ったらしく、丸めてくず籠に捨てていたんです。私はそれを拾って、テープで貼って、毎日持って歩いています」という。

そんな思いまでして、DVから逃れようという妻が駆け込んでくる。私は自分のあのDV体験を語るべきミッションをつきつけられていることに、改めて身が引き締まる思いがした。

この四〇年、私は夢中で生きた。男社会のなかを、女性弁護士という職業をひっさげて……。女性に優しい司法は、私の日常の活動のなかで、少しずつだが実現されつつある。しかし、行く道は遠く、まだまだ男性優位の実態は解消されてはいない。労働裁判、離婚調停、セクハラやDV、ストーカー他、痴漢や強姦などの刑事事件でも事案は複雑で、女性の立場も微妙な状況にある。そのため弁護活動にもますます力を入れざるを得ず、気の抜けない毎日である。

年齢で何かが決まるという考え方は嫌いだが、大学で同期の男性たちは、すでに企業や官庁では定年を迎える年齢に達している。弁護士稼業に定年はないので、まだあと何年かは依頼がある限り頑張っていくことになるだろう。

これからの人生、最終章を、私はどう生きるか。

「マルイチ会」の創設と成果

二〇〇〇年一月、私は長いあいだ自分の心のなかであたため続けていた構想を、遂に実行に移すことができた。他の弁護士がこれまでまったくやってこなかった、新しいことである。私の法律事務所を通じて離婚を勝ち取った元依頼者たちを、ネットワークした同窓会「マルイチ会」を結成したのであった。「マルイチ会」という名称は、離婚すると（電子化される以前の）戸籍に大きく印されたバツ印からきている、離婚が増えた頃から離婚経験者を「バツイチ組」と呼ぶようになったが、同じものを語源としている。ただし、私たちのバツイチには誇らしい意味があり、「バツイチはすなわちマルイチだ」という意味がある。捨ててきた戸籍にはバツが残ろうとも、私たちの心のなかには結婚と離婚で得られた大きなマル（経験）があるからだ。

離婚するということは、人生において結婚以上に大きな変化と影響をもたらす。どちらが言い出した離婚であれ、どちらに非のある場合であれ、二人の間に不信感や憎悪、絶望が生まれる。それまで生活をともにしてきた相手であるからこそ、別れたらどこに住めばいいのか、どうやって生計を立てていくのか、という基本的な問題から、仕事はどうする、姓はどうする、など、こまごました問題がもちあがる。子どもがいれば子どもの親権や養育費、財産があればその所属をめぐって、さらに複雑な問題が現われてくる。

こういう状況で私のもとを訪ねてくる女性の依頼者は、悲しみと怒り、不安と絶望でいっぱいになり、暗い表情をしている。それはかつての私の姿そのものだ。その彼女たちの身の上話にじっくり耳を傾け、気がかりなことをひとつひとつほぐすように説明していく。ときには私の離婚の体験も交えて話す。人によっては何度も何度も訪ねてきて、悩みや迷いを解消してやっと離婚の手続きを進めていく場合もある。彼女たちの話のなかには、この世のありとあらゆる悲惨が詰まっている。夫の浮気、婚家のいじめ、妻や子への暴力、アル中や博打、倒産や失業、犯罪や病気など、まさしく筆舌に尽くしがたい悲惨さ。さらに男性の弁護士に依頼したものの、「離婚したら女性は食べていけない」などと言われ、かえって絶望感を深く味わったり、裏切られた経験を持つ人もいる。そういう絶望のなかでも、「それでも離婚して新しく出発したい」という希望だけがある。

ただひとつの希望に導かれて闘っていくうちに、私は彼女たちの共通点に気がついた。私の依頼人の多くは、きちんとした家庭で育てられ、高い教育を受け、親たちにとっては自慢の娘たちで、元はといえば立派なお嬢様たちだ。その彼女たちが離婚の闘いのなかで、次第に表情が変わってくるのだ。泣きながら訪れた人も、次第に強く、たくましく、明るく積極的になっていく。悲惨さに打ちひしがれていた〝情けない妻たち〟が、自立した〝魅力的なおんなたち〟に変わっていく。不幸な経験が彼女たちの人格を磨き、他人の辛さや悲しさを理解し助け合う気持ちが生まれてくる。

こうして一緒に離婚を勝ち取っていく過程で、私たちの間には、依頼人と弁護士という関係を超えて、まるで姉と妹、あるいは叔母と姪のような関係が築かれる。ともに泣き、ともに怒り、時には叱ったり諭したり。こういう関係を築くことができた離婚卒業生が何十人かになったとき、私は彼女たちのネットワークを作りたいと考えた。なぜなら、離婚した彼女たちを取り巻く環境はなおも厳しく、彼女たちのこれからの人生が気がかりだった。離婚をする手伝いをした弁護士としては、その後のフォローも仕事のうちではないか。私の事務所から巣立った離婚経験者が、ひとりで悩んだり泣いたりするよりも、仲間の経験や知恵が役に立つのではないか。

そこでこの考えを何人かの卒業生に話したところ、たちまち組織化することができた。会の精神も目的も規約も、メンバーが自主的に考えて創った。その名称が「マルイチ会」、会の目的は「離婚後の人生をどう生きるか?」をメインテーマに掲げ、「バツイチをマルイチにすることを合い言葉に結集する」と決められている。

そして、「自分たちの経験を広く社会に向けて発言し、偏見をはずし、自由で豊かな人生を求める者の集まりである」と会の定款《ていかん》には謳われている。この定款も彼女たちが独自で文案を練り、作り上げたものだ。後ろ向きの感傷はなく、社会の偏見や好奇心に対して正面から立ち向かおうという闘志にあふれているではないか。

具体的な活動では、隔月に定例会を開き、離婚に関係したテーマを決めて意見の交換をし、自分たちの経験を報告したり、各人が抱えている問題にはアドバイスもする。これまで話し合ったテーマは、「離婚と改姓について」「子どものいる離婚・いない離婚の問題点」「共有名義の財産をどう扱ったか」「子どもへの面会権」「社会は離婚経験者に寛容か」など、マルイチ会の会員でなければ考えつかない問題だ。議論するばかりが活動ではなく、旅行や音楽会、ダンスパーティへも出かけるという企画が入る。合宿と称して泊りがけの例会をもち、離婚後の手記や離婚を研究する論文も書く。やがて出版しよう、という計画もあり意欲的だ。

結語

裁くとは——。

〝裁く〟とはなんだろう。

人が人を裁くことなど、できるのだろうか。

「裁判官は神様だ」と言い放った私のかつての夫は、いまもどこかの裁判所で、人を裁いているのか。そのことは私は知らない。彼には彼の世界、生きる道があったはずだ。

そしてこの私もささやかながら司法という世界の片隅で、この三〇年間を生きることを許されてきた。ときどき癌や難病に苦しむ患者たちの間で「生かされている」という言葉を聞くことがある。自ら生きるのではなく、何か目に見えない力——言うなれば神の導きによって「生かされている」と感じることが人にはあるのであろう。私も司法の世界で生きることを許され、生かされてここまで来たのだ。その基をつくってくれたのは、他ならぬ元・夫である。よきにつけ悪しきにつけ彼との出会いと別れが、私のいまを創ったことは確かだ。この壮絶な体験を語ることが同じような立場に苦しみ悩む人々に何らかの力となり、励ましになるのなら……そんな思いで重い筆を運んできた。

三〇年間この世界に生きて思うこと、それは「人は人を裁けない」と識ることだと思う。神ならぬ身に、どうして人を裁けようか。ただ、正義と真実をどうしたら解明できるか──ひたすら努力することしか人には出来ない。一ミリでも一分でも正義がかなうように、真実が解明されるように、あの手この手を尽くして人間の闘いがあるにすぎない。司法に携わるものはこのことを肝に銘じていくだけだ。

男だから裁判ができるのでも、女だから裁判が分からないのでもない。人間として謙虚になるときだけ、裁判に携わることができるのだと思う。

二〇〇九年から始まった裁判員制度も含めて、私たちみんなで「裁くということ」の意義を、真剣に謙虚に考えるべきではないだろうか。

あとがき

「あなた、それでも裁判官?」

若妻はそれだけ言うのが、精一杯だった。

裁判官の夫は、家庭内でも絶対者であり、ひとたび癇癪を起こせば、「貴様、裁判官に向かって意見する気か!」と殴りかかり、手当たり次第にものを投げつけ、「イライラさせるお前が悪い」と言ってやまなかった。

そこには冷静で判断力に富み、正義感あふれる裁判官の姿は見えず、強烈なエリート意識に支配され、傲慢で不遜な愚者の姿しかなかった。

若妻は絶望し、生後四ヵ月の赤子とともに、逃げるようにして、その男のもとを去った。

──日本の裁判はどうなっているのか。

──司法界とはどんな世界なのか。

──女性のために司法は力になってくれているのか。

顔面頭部を殴られ大怪我をして入院、その後、片方の目の視力を失うほどの後遺症が出たと判明してはじめて、彼女は目覚めた。

——今から弁護士になって、働かなくてはいけない。女性のために、弱者のために、無知ゆえに苦しんでいる人のために。

そう決心した彼女は、司法試験を目指して猛然と勉強した。右手に哺乳瓶、左手に六法全書を携えて。

二年後、幸いにも試験に合格し、司法修習生になった。しかし、そこで彼女が目の当たりにしたものは——最高裁判所司法研修所の複数の裁判官の教官たちによる女性差別発言の数々。

——女に裁判なんて分からない。

——男が命をかける司法界に、女性の進出を許してなるものか。

——女性は能力を腐らせろ。

一九七六年五、六月ごろ起こった、司法研修所教官による女性差別発言事件であった。

あれから三十余年、最高裁は二度とこの問題に触れようとはしなかった。女性の任官拒否問題も、もう歴史のかなたに霞んだかのように、誰も、表立って口にはしない。司法試験の女性合格者の数も飛躍的に伸びて、いまや女性の司法界における活躍度は相当程度上がってはきている。

しかし、司法界全体が真に女性や弱者の立場に立っているのか、と問われるなら、その答えは

「まだまだ道なかば」でしかない。

その理由は、本書の〝若妻〟であった私を含めて、女性法曹自身の力不足もある。目前の事件（仕事）の処理と自らの生活に追われて、司法界全体のために十分な活動をするゆとりがない女性が多いことも確かだ。

しかし、その最たる要因は何かというなら、やはり従前から司法界に根強く残る男性優位の思想であり、女には裁判は分かるはずがない、という傲慢で不遜な男の論理である。

私は偶然にも、裁判官の夫を通じて、そして司法研修所の教官である裁判官を通じて、女性蔑視の現場を正面からくぐることになった。それは身も心もズタズタにさせられた惨劇の雨霰に打たれることに他ならなかった。私はこんな体験をして弁護士になったのである。

これまで三十年以上の間、このことは誰にも語らず、ただひたすら一件一件の仕事（事件）の解決に向けて心血を注いできた。しかし、夫であった人との葛藤からもうおよそ半世紀がたち、当時を知る方々も相次いで退官されたり鬼籍に入られる方も多くなった。一九七〇年代の司法の一面の真実をここに記しておくことも、決して無意味なことではなかろうかと思う。

戦後六十年を生きた私は、「女性と司法」を生涯のテーマの一つとして追求したく思っている。それには、辛くはあるが自らの若き日の体験を語らないわけにはいかない。また、たとえ最高裁が望まなくとも、一九七六年に起きたあの司法研修所における裁判官による女性差別発言事件にも触れない訳にはいかない。

「女性と司法」とは、司法が女性をどう扱ってきたのか、女性は司法を味方にし得たのかなどの実態をとらえ、実情を分析するなど課題は多く、司法関係者はもとより女性史研究者などにも関心の強い分野だと思う。それのみならず私としては、何よりも広く国民に司法をより身近に感じてもらい、また二〇〇九年から始まった裁判員制度に適正に取り組むためにも、私のこのテーマを広く一般の方々に訴えていきたいと考えている。


そのための第一冊目として本書を「暮しの手帖社」から刊行することができて、心から喜んでいる。編集の北村正之氏はこの原稿を読んですぐに出版することを快諾してくださり、以来一年半にわたって困難な作業に取り組み、今回の出版に漕ぎ着けてくださった。何も知らなかった一人の専業主婦がＤＶと戦い、乳呑児をかかえて司法試験に挑戦した姿に女性読者の方々が励まされ勇気づけられれば、という想いから本書の企画を実現しようと全力を挙げてくださったことに、心から感謝申し上げます。

本書はかの有名な日野原重明先生に序文をお願いした。百歳を目前に控えられ、いまなお現職の医師として活躍され、日本全国はもちろん世界の各地で講演をしてまわられるお姿に、私はどれほど励まされ、多くを学ばせていただいていることか。そのお忙しい先生から本書の序文までお寄せいただき、ご指導いただけたことは、私の生涯の宝であり、これ以上の幸せはないと思っている。日野原先生、ほんとうにありがとうございました。

最後はフリーランスの平松由美さんへの感謝である。彼女はほぼ四半世紀にわたるお仲間である。聡明にして感性豊かな彼女は、私のすべてを受け止めてくださっている。本書を上梓することで自らをさらけることになる私の苦しみに十年近くも付き合って、今日の日まで辛抱強く、励まし続けていただいた。ありがとうと申し上げたい。

本書の登場人物について、個人のプライバシーを尊重すべき場合は、すべて仮名としてある。とくにその必要はないと思われる方については、実名で記した。現在活動中の友人や同級生については A子、B子のようにしたが、頭文字のアルファベットと関係はない。

これはドキュメンタリーであり、当時の日記や手紙、記録などに基づいている。だがその一方、ノンフィクション小説のつもりでお読みいただけるなら、それも望外の幸せである。

二〇〇九年七月

あとがきのあとがき

本書の初版は二〇〇九年であったから、もう九十年が経つ。この間、多くの読者から感想文や、手紙、メールなどをつぎつぎとよせられ、その反響の大きさに自分ながら驚いたり、頷いたり、いずれにせよ有り難いことと受け止めてきた。

おおかたが女性の方からと思いきや、男性からもかなりな関心をよせられ、司法関係者からも事実を事実として記録にとどめることの意義は大きいと励ましの言葉をもらった。読者の反響から改めて本書を分析してみると、ひとつはいわゆるDV問題。

まだDVという言葉さえ世間にはなかった時代、じっと耐えるだけが妻たるものの運命とまで思われていた時代から、「わたしもよ！　私もやられた！」「ME E、Too！」と声を上げられるようになった現代になってもなお、DVに苦しむ女性は多くいて、その方々からの反響が続々寄せられ講演依頼も全国から何回もいただいた。

もうひとつは、研修所の裁判教官による女性差別発言をめぐる司法関係者からの反響だが、こちらは意外におとなしかった。

個々的に手紙をくださった法曹関係者はかなりあり、よく分かる、あの時代の空気がそのまま伝わってきたといってくださる同期や先輩の弁護士や、手紙やメールをくださる現職の法律家の方ももちろんあったが、やはりどちらかというと法曹界は触らぬ神にたたり無し的な雰囲気が私には感じられ、業界自ら司法改革の意識は残念ながら低い。

そのような中で、再版を出すことの意義や目的は冒頭の「再版によせて」に記したとおりであるが、それを一層明確にするためにも、この再版では一部、修正したところがある。それは事実をより一層明確にするために、初版本では北国のX市として、舞台を伏せておいたのだが、これをはっきりと札幌市が舞台であると明記した。

ドキュメンタリーである以上、できる限り事実に近づけたい、しかし関係者のプライバシーや名誉はもちろん守らなくては、という相克になやみつつも、すでに事件から半世紀がたち、関係者の多くが鬼籍に入られ、あるいは完全にリタイヤされ、すでに歴史的事実となったものと解釈される部分もあるかと考え、その点だけは修正した。初版から十年が経って、風化の進んだものと、全く風化はしないものがより鮮明に浮かび上がってきたように感じられ、我ながら感無量である。

その他については、概ね初版本のままとしてほとんど修正等はくわえなかった。したがって、年代が約十年違ってきている。〝あれから三十〟年とあれば、四十年と書き換えることも考えたが、書いた当時の感覚をお伝えしたく、敢えて変えなかったところも多い。読者の方が数字はよみかえてくださることでご理解いただければ幸いである。

二〇二〇年五月

中村久瑠美

著者略歴

中村久瑠美（なかむら・くるみ）

東京生まれ。弁護士。東京大学卒業。東京大学大学院修士課程修了。一子を抱える主婦だったが、離婚を機に子育てをしながら司法試験を目指して合格。アメリカ留学を経て独立。一九八一年に中村久瑠美法律事務所を開設、二〇一七年、Nakanaka Partners' 法律事務所と改名し現在に至る。東京家裁調停委員、厚生労働省援護審査会委員、経済産業省中小企業審議会委員、成蹊大学法科大学院講師（家族関係法担当）などを歴任。

主な著書に『離婚バイブル』（文藝春秋）、『はじめての離婚』『相続と遺言の知恵』『55歳からの離婚計画』（いずれも講談社）、『家族の法律』（暮しの手帖社）、『バツイチなんて言わせない』（PHP研究所）などがある。『暮しの手帖』に「新・家族の法律」を長く連載した。

■Nakanaka Partners' 法律事務所（旧名、中村久瑠美法律事務所）
ホームページ Kurumi-nakanaka.life.coocan.jp

あなた、それでも裁判官？
—女性に優しい司法を求めて—

2020年7月10日 初版第1刷印刷
2020年7月25日 初版第1刷発行

著 者 中村久瑠美
発行者 森下 紀夫
発行所 論 創 社
東京都千代田区神田神保町 2-23 北井ビル
tel 03(3264)5254 fax. 03(3264)5232 web.http://www.ronso.co.jp/
振替口座 00160-1-155266

カバーデザイン／西田益弘
本文組版／吉原順一
印刷・製本／中央精版印刷
編集／北村正之
ISBN 978-4-8460-1955-6 C0095